传统文化修养丛书

作诗、填词、撰联百日通

【民国】金铁庵 ◎ 著

乔继堂 ◎ 编

上海科学技术文献出版社
Shanghai Scientific and Technological Literature Press

图书在版编目（CIP）数据

作诗、填词、撰联百日通 / 金铁庵著；乔继堂编. —上海：上海科学技术文献出版社，2018 (2021.9重印)

（传统文化修养丛书）

ISBN 978-7-5439-7754-9

Ⅰ.①作… Ⅱ.①金…②乔… Ⅲ.①诗词—创作方法—中国②对联—创作方法—中国 Ⅳ.①I207.21②I207.6

中国版本图书馆 CIP 数据核字（2018）第 213427 号

策划编辑：张 树
责任编辑：王倍倍 杨怡君
封面设计：许 菲

作诗、填词、撰联百日通
ZUOSHI TIANCI ZHUANLIAN BAIRITONG
金铁庵 著 乔继堂 编
出版发行：上海科学技术文献出版社
地　　址：上海市长乐路 746 号
邮政编码：200040
经　　销：全国新华书店
印　　刷：常熟市人民印刷有限公司
开　　本：889×1194　1/32
印　　张：10
字　　数：184 000
版　　次：2019 年 1 月第 1 版　2021 年 9 月第 2 次印刷
书　　号：ISBN 978-7-5439-7754-9
定　　价：48.00 元

http://www.sstlp.com

目　次

作诗百日通

引言 …………………………………………… 3
诗的原始 ……………………………………… 8
诗的本质 ……………………………………… 10
诗的变迁 ……………………………………… 13
诗的审美 ……………………………………… 16
作诗的天才 …………………………………… 19
作诗的预备 …………………………………… 23
　一、熟读谨记 ……………………………… 23
　二、四声辨识 ……………………………… 24
　三、归韵练习 ……………………………… 25
　四、属对工夫 ……………………………… 27
　五、律诗平仄 ……………………………… 29
作诗的要诀 …………………………………… 32
　一、相题 …………………………………… 33
　二、字句 …………………………………… 34
　三、立意 …………………………………… 34

四、精神 ………………………………… 35
五、气势 ………………………………… 36
六、情景 ………………………………… 36
七、风趣 ………………………………… 37
八、感慨 ………………………………… 39
九、烘托 ………………………………… 40
十、讽刺 ………………………………… 40
十一、颂扬 ……………………………… 42
十二、述事 ……………………………… 43
十三、理性 ……………………………… 44
十四、用典 ……………………………… 45
十五、承接 ……………………………… 47
十六、押韵 ……………………………… 48

各类诗的作法 …………………………… 50
一、指事诗作法 ………………………… 50
二、写景诗作法 ………………………… 51
三、言情诗作法 ………………………… 51
四、咏物诗作法 ………………………… 52
五、怀古诗作法 ………………………… 53
六、赓和诗作法 ………………………… 54
七、祝贺诗作法 ………………………… 55
八、哀挽诗作法 ………………………… 56
九、离别诗作法 ………………………… 56

十、联句诗作法 ……………………………………… 57
作诗的步骤 ………………………………………………… 59
诗的体裁 …………………………………………………… 62
　　一、五言古诗 ………………………………………… 63
　　二、七言古诗 ………………………………………… 64
　　三、五言律诗 ………………………………………… 65
　　四、七言律诗 ………………………………………… 66
　　五、五言绝诗 ………………………………………… 68
　　六、七言绝诗 ………………………………………… 69
古近体诗的格式 …………………………………………… 71
　　一、古诗每句用韵格 ………………………………… 71
　　二、古诗二叠促句换韵格 …………………………… 72
　　三、古诗三叠促句换韵格 …………………………… 72
　　四、古诗平头换韵格 ………………………………… 72
　　五、古诗五句格 ……………………………………… 73
　　六、古诗六句格 ……………………………………… 73
　　七、古诗双杀二句一换韵格 ………………………… 73
　　八、古诗双杀二句换韵以后不换格 ………………… 73
　　九、古诗双杀六句三韵一变格 ……………………… 74
　　十、古诗逐句韵二韵一变格 ………………………… 74
　　十一、古诗八句押两韵格 …………………………… 75
　　十二、古诗五句一换韵后用长短句变韵格 ………… 75
　　十三、古诗重叠用韵格 ……………………………… 75

十四、古诗全篇皆平声格 …………………… 76
十五、古诗全篇皆仄声格 …………………… 76
十六、古诗全平全仄间句格 ………………… 76
十七、古诗双声格 …………………………… 77
十八、古诗叠韵格 …………………………… 77
十九、五言律诗正格 ………………………… 78
二十、五言律诗偏格 ………………………… 78
二一、五言律诗变格 ………………………… 78
二二、五言律诗失黏格 ……………………… 79
二三、七言律诗正格 ………………………… 79
二四、七言律诗偏格 ………………………… 80
二五、七言律诗变格 ………………………… 80
二六、七言律诗失黏格 ……………………… 80
二七、五言绝诗正格 ………………………… 81
二八、五言绝诗偏格 ………………………… 81
二九、五言绝诗仄韵格 ……………………… 81
三十、五言绝诗失黏格 ……………………… 81
三一、七言绝诗正格 ………………………… 82
三二、七言绝诗偏格 ………………………… 82
三三、七言绝诗仄韵格 ……………………… 82
三四、七言绝诗失黏格 ……………………… 83

学诗必读 ………………………………………… 84
  五言古诗选 ……………………………………… 84

七言古诗选 …………………………………… 86
古乐府选 ……………………………………… 89
五言律诗选 …………………………………… 91
七言律诗选 …………………………………… 93
五言绝诗选 …………………………………… 96
七言绝诗选 …………………………………… 98

填词百日通

引言 …………………………………………… 103
词与诗 ………………………………………… 106
词的起源 ……………………………………… 109
词的本质 ……………………………………… 112
词的发展 ……………………………………… 114
词的声调 ……………………………………… 116
学词的预备 …………………………………… 118
一、学词检谱法 …………………………… 118
二、词中的名词 …………………………… 119
三、音调的揣摩 …………………………… 120
四、词调的辨别 …………………………… 120
五、句法的特点 …………………………… 121
六、词韵与诗韵 …………………………… 122
填词要诀 ……………………………………… 125
一、五音的审辨 …………………………… 125

二、阴阳的分别 ·················· 126

三、上去的辨识 ·················· 127

四、韵脚的支配 ·················· 128

五、词韵的变换 ·················· 129

六、调名的讲究 ·················· 131

七、令慢的考据 ·················· 132

八、字句的衬豆 ·················· 133

九、句法的煅炼 ·················· 134

十、填词的布局 ·················· 135

各体词的填法 ·················· 137

一、叠字词的填法 ················ 137

二、叠句词的填法 ················ 138

三、叠韵词的填法 ················ 138

四、对句词的填法 ················ 140

五、言情词的填法 ················ 141

六、写景词的填法 ················ 142

七、纪事词的填法 ················ 143

八、咏物词的填法 ················ 144

填词百诀 ······················ 146

梧桐影（吕嵒） ·················· 146

南歌子（温庭筠） ················ 147

一点春（侯夫人） ················ 147

花非花（白居易） ················ 148

望江南（皇甫松） …… 148

桂殿秋（向子諲） …… 148

甘州曲（蜀主王衍） …… 149

江南春（寇准） …… 149

一叶落（后唐庄宗） …… 150

调笑令（冯延巳） …… 150

如梦令（秦观） …… 151

天仙子（皇甫松） …… 151

望江怨（牛峤） …… 152

相见欢（南唐后主） …… 152

何满子（和凝） …… 153

长相思（白居易） …… 153

醉太平（戴复古） …… 154

感恩多（牛峤） …… 154

长命女（和凝） …… 155

昭君怨（万俟雅言） …… 155

酒泉子（毛熙震） …… 156

玉蝴蝶（温庭筠） …… 156

女冠子（牛峤） …… 157

醉花间（毛文锡） …… 157

点绛唇（赵长卿） …… 158

浣溪沙（张曙） …… 158

雪花飞（黄庭坚） …… 159

伤春怨（王安石）……159
霜天晓角（辛弃疾）……160
后庭花（毛文锡）……160
巫山一段云（李珣）……161
菩萨蛮（李白）……161
散馀霞（毛滂）……162
更漏子（温庭筠）……162
绣带儿（曾觌）……163
柳含烟（毛文锡）……163
一落索（吕渭老）……164
忆少年（晁补之）……164
荆州亭（吴城小龙女）……165
忆秦娥（李白）……165
琴调相思引（赵彦端）……166
望仙门（晏殊）……166
画堂春（徐俯）……167
甘草子（柳永）……167
阮郎归（欧阳修）……168
贺圣朝（杜安世）……168
人团圆（吴激）……169
喜团圆（晏几道）……169
海棠春（秦观）……170
眼儿媚（刘基）……170

阳台梦（唐庄宗）………………………… 171
柳梢青（秦观）…………………………… 171
醉乡春（秦观）…………………………… 172
忆汉月（欧阳修）………………………… 172
梁州令（晏几道）………………………… 173
西江月（史达祖）………………………… 173
惜分飞（陈允平）………………………… 174
迎春乐（秦观）…………………………… 174
瑶池燕（苏轼）…………………………… 175
雨中花（晏殊）…………………………… 176
醉花阴（李清照）………………………… 176
东坡引（赵师侠）………………………… 177
临江仙（和凝）…………………………… 177
钗头凤（陆游）…………………………… 178
一剪梅（蒋捷）…………………………… 178
蝶恋花（苏轼）…………………………… 179
渔家傲（范仲淹）………………………… 179
醉春风（赵德仁）………………………… 180
喝火令（黄庭坚）………………………… 181
玉梅令（姜夔）…………………………… 181
两同心（晏几道）………………………… 182
月上海棠（陆游）………………………… 182
西施（柳永）……………………………… 183

于飞乐（晏几道）……………………… 183

隔簾听（柳永）………………………… 184

百媚娘（张先）………………………… 185

凤楼看（欧阳炯）……………………… 185

柳腰轻（柳永）………………………… 186

蓦山溪（张元幹）……………………… 187

黄鹤引（方阙名）……………………… 187

满江红（吕渭老）……………………… 188

采莲令（柳永）………………………… 189

凄凉犯（吴文英）……………………… 189

意难忘（周邦彦）……………………… 190

潇湘夜雨（赵长卿）…………………… 191

玉漏迟（元好问）……………………… 192

水调歌头（苏轼）……………………… 193

步月（史达祖）………………………… 193

珍珠簾（吴文英）……………………… 194

扬州慢（姜夔）………………………… 194

金菊对芙蓉（康与之）………………… 196

念奴娇（辛弃疾）……………………… 197

换巢鸾凤（史达祖）…………………… 197

忆旧游（张炎）………………………… 198

龙山会（赵以夫）……………………… 199

春从天上来（王恽）…………………… 200

解连环（蒋捷）………………………… 201

兰陵王（史达祖）………………………… 201

夜半乐（柳永）………………………… 202

莺啼序（吴文英）………………………… 203

撰联百日通

引言 ………………………………… 209

对联的起源 ………………………… 211

对联的故事 ………………………… 213

对联的本质 ………………………… 217

对联的体致 ………………………… 220

对联的句法 ………………………… 223

对联的声调 ………………………… 226

对联的定格 ………………………… 229

  一、借对格举例 ………………………… 229

  二、嵌字格举例 ………………………… 230

  三、流水格举例 ………………………… 231

  四、叠字格举例 ………………………… 231

  五、蝴蝶格举例 ………………………… 232

  六、自对格举例 ………………………… 233

  七、折腰格举例 ………………………… 234

  八、集句格举例 ………………………… 235

  九、无情格举例 ………………………… 237

十、拆字格举例 ………………………………… 238
对联的分类 ………………………………………… 240
　　一、春联的撰作法 ……………………………… 241
　　二、古迹名胜联的作法 ………………………… 242
　　三、寺庙廨宇联作法 …………………………… 243
　　四、喜寿联撰作法 ……………………………… 245
　　五、哀挽联撰作法 ……………………………… 246
　　六、祝贺联撰作法 ……………………………… 247
　　七、格言联撰作法 ……………………………… 248
　　八、碎锦联撰作法 ……………………………… 250
撰联的天才 ………………………………………… 252
佳联特选 …………………………………………… 254
　　一、春联类 ……………………………………… 254
　　二、名胜古迹类 ………………………………… 257
　　三、寺庙廨宇类 ………………………………… 260
　　四、喜庆类 ……………………………………… 265
　　五、哀挽类 ……………………………………… 267
　　六、祝贺类 ……………………………………… 270
　　七、格言类 ……………………………………… 271
　　八、碎锦类 ……………………………………… 272
对联选粹 …………………………………………… 275
　　一、春联类 ……………………………………… 275
　　二、名胜古迹类 ………………………………… 277

三、寺庙廨宇类 …………………………… 280

四、喜寿联 ………………………………… 284

五、哀挽类 ………………………………… 288

六、祝贺类 ………………………………… 292

七、格言类 ………………………………… 295

八、碎锦类 ………………………………… 296

整理后记 ……………………………………… 299

作诗百日通

金铁庵

引　言

　　谈起作诗的一件事，很令我对于学诗时过去的印象加以深长的回溯。好像把前度的旧剧，重影于银幕，而觉得过去的种种，皆不合于现在的心理。本来，我在死读几本孔孟之书的时候，并不知道诗是一件甚么东西；后来我那位先生，忽在每天抽出些少工夫来，教我读诗，当然那《唐诗三百首》，便是惟一的读本了！至此，方始知道"诗之所以为诗者如此"。这就是我与诗结缘的初次。但是，我对于甚么四声六义等等，完全一点不知，先生也并不注意及此，单讲些每一首词意，以及读诗的声调，有时一首中用上几个典古〔故〕，就格外来不得了！在先生讲解时，口讲指划，涎涎满案，力求详明；在我听了，如堕五里雾中，越闹越不明白。因此我对于诗，虽结下一重因缘，也引不起高度的兴趣，只是读诗时抑扬的声调，像好鸟鸣春，颇为悦耳，故还不至于彻弃。

　　大约过了一年的时期，古近体诗，也读上了一二百首；我对于这许多读得滚瓜烂熟的诗，除了少数意义明显的略能悟外，其余竟如乡村妇女念《金刚经》一般，不过读读而已。先生因我读得很多了，才将作诗的方法，稍稍指授，甚么点题出题、平仄韵脚，惟都是略而不详。我其时虽能领会，但也所得无多。如此又经过一极短的时期，竟命题令我试作。我也照着所读过的诗，依样葫芦，模仿着凑上几句，敷衍过去，有时竟也得到意外的好评。这可算我作诗的破题。我在此时的心理，已知道如此作法，就可算是诗；对于诗为何一定要如此作法的另一个问题，终究没有明瞭，已犯了"但知其然，不知其所以然"的病，若照此逐步而进呢，还有上达的希望！而事实又绝对不然。有一次命题是《春暮即景》，我却于无意中作了"宿雨湿花片，轻风弄柳丝"两句。先生却认为佳作，认为有作诗的天才，加上了格调古雅的评语不算，还说："具此天分，不宜学唐以后诗，须上追秦汉，庶将来可以出人头地。"于是把《唐诗三百首》搁过，又开始与《古诗源》相见了！如此一来，我好像进食过饱，伤了肠胃一般，把原来的运用机关停顿住了。因极力模仿古诗的原故，竟至不能成句；就是成句，也勉强凑合，连自由〔己〕也不知是甚么意思？至此我对于诗之一道，认为苦事，把以前得到的些微兴趣也灭没了。改入学校之后，本无此一科，即完全将作诗一事，抛诸九霄云外，不复顾问，这可算我学作诗第一幕的闭幕。

在某一时期内，因外界的诱引，和情感的冲动，使我灭没了很久的诗兴，勃然蠢动，死灰复燃起来。但是这一次已不同于前次，对于诗的所以为诗，以及诗的源流派别，皆有比较清楚的认识；就是一题在手，也不至于和以前一般的乱凑。这种进步是从何得到的呢？我敢说：因平日所接触的，都是合于我个性的读物；并不像先前有那先生，强把那些不合个性的古诗，向我输入。这是进步的一种原因。在这一个时期内，又因作诗的缘故，认识了不少诗翁名士，闲常和他们谈论学诗的宗法，却发生了两个不同的公式。一个是主张从盛唐入手，取法于李、杜各家；一个是主张从汉魏入手，取法于苏、李、曹、刘各家。十个人中，倒有七八个人如此说；好像不学诗便罢，若要学诗，即除了这两个不同的公式以外，就没有第三条出路。

但是，若向他们问所以要从李杜或苏李曹刘入手的缘故？却又得不到满意的解答。大概总拿"效法乎上，仅得其中"，或是"作诗以高古为上，欲求高古，势不能不从此入手"等一套似有理似无理的话来敷衍。并且这许多口口声声"出入李杜"、"追慕汉魏"的诗人名士，他们自己作品，非但没有充分的胎息，有几位因摹仿过力的缘故，连自己原有的性灵都掩盖住了。这都是传统的摹古思想先入为主的结果，也就是一班老学究不知变教授法的流毒。我不能说苏李曹刘以及李杜的诗不佳，也不敢说这些诗绝对不可学，但学的人性情是否相合？天分是否赶得上？这问题却盘旋在我的脑海中，经过了很长的时期，最后拿我自己做解决此问题的标准，终得到了反对的结果。于是又提出了：学诗由古入手，与学诗须由今入古两个问题。和几个性情稍近些的人讨论,终是赞成由古入手的多;对于由今入古一个问题,虽没有多大的反对,却也得不到若干的同情。我是主张渐进的,主张学诗须由今入古的,至此,我就舍弃了一切,也不问这主张是否错误,竟依此路线走去。由人家说我"孤僻自用","不求深造",甚且詈为骚坛的叛将都不顾及。但所得的结果,在我自己,还认为满意。同时也深信由今入古的方法,是绝对可行的。

本来,"为九仞之山者,自一篑始","行千里之路者,自一步始"。万事取渐进,是不至于发生错误的。又如初脱手学步的幼孩,立时就教他跳高跃远,终必取得跌扑的结果。那主张学诗须由古入手,正无异于此。同时我又觉得我学作诗,这中心就是我,不容外物参加的。凭着我的个性去研究近情的诗,才是学诗;凭着我的心思找寻诗料,才是作诗。否则,若违反我的个性,去研究相反的诗,那就〔是〕诗来强我学;硬生生的摹了古调去凑合诗料,就是诗来做我。如此我完全处于被动的地位,已失去了中心,一定得不到好果的。佛家说"无我无人",作诗却是有我无人的,我完全站于自动的地位,方才有效,切不可依傍门户,或是无意识的盲从。学诗须由今入古一个主张,虽是我个人的见解,但是从我学诗的经历中所得最大之教训。故我在编这《诗的作法》时,特将经历与个人的意见,提出来做个引子;并且学诗的几个要点,除了由今入古的主张外,还有:"以我为中心,而处于自动地位","学诗须切适合个性的条件"，"不能迷信师友泥古的见解，而自堕于混沌之境"，这几点是学诗必要的条件。至于学诗的方法等事，下边逐段详说；不过最后还有一声明，作诗的方法，早就刊有专书，并且不止一种，我编这一部《诗的作法》，似乎多事？其实以前关于学诗著作，还不免泥古不化的弊病，或者竟高深难测，只好给已成的诗人做参考，或谈助之资，对于初步学诗的人，却没有多大用处。我编此书，完全为了初学诗者便利起见，皆用浅近的方法，指示学诗的门径，使有志学诗的人，可以循此方法逐步做去，而达最后之目的。故立说都以浅显明白为主，不敢妄拟高古，反使学者误入迷途，白费光阴，这是我编辑此书的主旨。

诗的原始

诗,本是一种极普遍的民间文学,也可称为美的文学,在中国文学上有悠久的历史和相当的价值。若推究诗的原始,可断言是脱胎于古代歌谣。因上古的时候,人民偶然有所感触,就随口唱出几句来,宣泄他胸中的蕴蓄,而成为自然的歌谣,也并不限于字句的多少,音调的和叶,意有所触,随口而出,意尽即止,既不受字句的限制,也不受格律的拘束,完全是自然的天机流露,毫无一些做作或牵强的情感杂在里面。古代的民间歌谣,固然搜不尽许多,现在且把较可考据的举两个证例:

《帝王世纪》:帝尧之世,天下太和,百姓无事,有老人击壤而歌:

> 日出而作,日入而息;
> 凿井而饮,耕田而食;
> 帝力于我何有哉!

《列子》:帝治天下五十年,不知天下治与?不治与?亿兆愿戴己与?乃微服游于康衢,闻儿童谣云:

立我蒸民，莫匪尔极；
不识不知，顺帝之则。

由上举的《击壤歌》、《康衢谣》两篇看来，我们就可知歌谣，确是民间极普遍极自然的一种文学。他们口中唱出来的词句，就是他们胸中所含蓄的天机。至于歌之与谣，也些少有一点分别；凡是合于乐的称为歌，不能合乐，单单歌唱的称为谣。上面"日出而作"的一篇，因一边击壤，一边歌唱，故称为《击壤歌》。下面"立我蒸民"一篇，并不击节，单用口唱，故称为《康衢谣》。歌谣虽有此分别，但皆是天然的元音。关于这一类的歌谣，清沈归愚选《古诗源》，也曾采入，他并且说："《康衢》《击壤》，肇开声诗"，此可见诗是完全渊源于歌谣的了。

上古时候，只有歌谣，无所谓诗。诗三百篇，是从歌谣过度到诗，然而还不脱歌谣的意味。自五七言诗兴，诗与民间歌谣，便分离开来。到后来诗便[成]了诗翁名士的专利品，而不能普及于民间；但是歌谣却也并不因此而淘汰，反因诗的分离，而成为普遍的民间文学。这因为越到后来，诗的体格越多，作诗的规律越严，非有相当的学问和研究，不能作诗，也许竟不能了解于诗？反不若三言两语、浅显明白的歌谣，来得容易普遍了！现在的诗与歌谣，虽已显然分为二事，但是推溯源流，却不能不承认歌谣是诗的原始——鼻祖。

诗的本质

诗是何物？如何而后可以称为诗？这两个问题，似乎很容易解答，其实却极不容易解答。就肤泛些说：诗是有韵之文；依着一定的规律而作成调和音韵之文，就是诗。诗之所以为诗，其原理却非如此简单，以上的解答，也不能认为圆满。诗是自然的文学，也就是人类天具的表现，有动于中而发于外的一种文学。故子夏《诗序》说：

> 诗者，志之所之也。在心为志，发言为诗。情动于中而形于言，言之不足，故嗟叹之；嗟叹之不足，故永歌之；永歌之不足，不知手之舞之，足之蹈之。情发于声，声成文，谓之音，治世之音安以乐，其政和；乱世之音怨以怒，其政乖；亡国之音哀以思，其民困。故正得失，动天地，感鬼神，莫近于诗。

《尚书·尧典》："诗言志，歌永言。"
《礼·乐记》："诗，言其志也。"
《广雅·绎〔释〕言》："诗，意也。"

由以上诸说，我们就可以知道诗的本质，是心灵自然的流露，也就〔是〕情感的发挥，此古人所以说："诗，纯乎天籁也。"但是这种心灵的流露，和情感的发挥，与所处的时代，及个人环境，是极有关系的。如上古时代，民风醇朴，故所有的诗，都觉敦厚有余。到了后代，世风日渐浇薄，机械日深，故所有的诗，不免趋于淫靡纤巧。其他为乱离时代的诗，多凄凉之音；太平时代的诗，多和融之作，这时因所处时代的不同，以致变换诗的格调。至于个人的环境，也有同样的能力：处境闲适的人，他的诗一定和平恬淡；处境穷蹙的人，他的诗一定幽远凄恻；怀才不遇的人；他的诗一定沉郁牢骚，性情雄武的人，他的诗一定悲壮苍凉；这是因为环境而转变的。可见时代和环境，皆足使人们的心灵情感，因之而转变。心灵和情感，既因时代环境而转变，那末由此流露发挥出来的诗，也就不能不随之而转变了！

孟东野说："鸟鸣于春，雷鸣于夏，虫鸣于秋，风鸣于冬。"鸟雷虫风，为甚么要鸣呢？这大概逃不出"物不得其平则鸣"的一例罢？那末又为甚不能颠倒，一定要顺着这次序而鸣呢？这就是气候感应使然了！与人类因时代环境而转变他的心灵情感，是同一理由的。故我说："物不得其平则鸣"，于是发出它许多不同的声音；"人不得其平则鸣"，于是徂成许多不同的诗。古人说："诗言其志也"，又说："言为心声"。至此我们对于"诗之所以为诗"的一个问题，可完全解决。

诗的本质是："人类的心灵和情感。"

凡由"心灵中流露出来,以及情感中所发生出来的一种天籁,便谓之诗"。

诗人的诗,是务须合于以上两个条件,不合此条件的,一定非诗人的诗;并且可说算不得诗。学诗的人,于此不能不有相当的认识,切不可盲从妄说,以违逆自己的心灵和情感,刻意模仿古人,舍弃了诗的本质,去学那诗的形式。因为本质好像人的灵魂,形式好像人的躯壳,躯壳虽然完好,若没有了灵魂,就不成其为人。换一句说:形式虽然学像,却舍弃了本质,形式虽然光洁,就不成其为诗。作诗须注意本质。

诗的变迁

诗虽脱胎于古歌谣,但终以"三百篇"为诗的鼻祖,因为这《诗经》三百篇,虽还不脱古歌谣的意味,却不似古歌谣的散漫,已有了一种周密的组织。故有风雅颂、赋比兴"六义",其实这六义可分体与法二种,风雅颂是诗的体格,赋比兴是诗的法则,好像天经地纬一般,毫不紊乱。现在将前〔人〕对于这六义分疏录下,便可知道诗的组织。

"风者,列国里巷歌谣之作,所谓男女相与咏歌,各言其情者也。其言则乐而不淫,哀而不伤,婉而善入,微而不露;言之者无罪,闻之者足戒,所谓有先王之风焉。"

"雅者,朝廷之事,公卿士大夫之作也。有箴规劝戒之心,有忠厚悱恻之情,有近美闲邪之意,而恺〔剀〕切敷陈,明晰正告;能使悚然动听者也。"

"颂者,宗庙之诗,用以格鬼神者也。主于扬盛德,叙成功,达诚敬;其语和而庄,其意宽而密,能令人肃然而恭,穆然而思者也。"

"赋者,敷陈其事而直言之也。"

"比者,以一物相比,而所措之事,常在言外也。"

"兴者，先言他物，而引起所咏之辞也。与比相似，只是有炤应为兴，无炤应为比。"

由以上的说数，我们就可以明白"六诗"的意义，证明"风雅颂是体，赋比兴是法"的二语了！等到风雅颂既亡之后，诗的体格也就变更，于是屈原的《离骚》，就成为三百篇的嗣响，后人称为"离骚体"。离骚体之后，便变为西汉五言，现在谈五言诗的人，都以为是起于苏武、李陵，其实就我所知，项羽既作陔下之歌，当时虞姬也曾答过一诗云。

汉兵已略地，四面楚歌声，
大王豪气尽，贱妾何聊生！

这一篇似开五言诗的先例，但是沈归愚论诗，却以为此诗似唐代绝句，疑系后人伪托，故不录入古诗，这完全是他个人的见地。其实《楚汉春秋》，明明载有此篇，《困学纪闻》并且指此篇为五言全篇之始。此与沈归愚之说，不妨并存，因后人伪托之事，也非绝对不可能的。至七言全篇的诗，实创始于汉武帝柏梁联句。"元封三年，造柏梁台，诏群臣二千石（官名），凡能为七言诗者，始得上坐。"此一篇非但开七言之例，并且后人的联句诗，也以此为鼻祖。不过《三秦记》却也以为此诗是后人伪托的，他的确似有考据的，录在下面，以资参考。

《三秦记》:"柏梁台诗,是元封三年作。然梁孝王薨于孝景之世,又光禄勋、大鸿胪、大司农、执金吾、京兆尹、左冯翊、右扶风,皆武帝太初元年所更名,不应预书于元封之时,其为后人拟作无疑也。"

照此说来,柏梁诗虽不能指定是谁所伪托,若说果真是汉武帝和群臣联句,却也不十分可靠。因为其时正是五言肇兴之始,通篇七言的诗,甚不多见,风尚如此,不可强求的。但后人不加考究,以讹传讹,终以此诗为七言诗的鼻祖罢了!至于五言诗的根源,据宋严羽说:"生于《南风》,衍于《五子之歌》,逮汉苏李,始以成篇,嗣是汪洋于汉魏,汗漫于晋宋,至隋陈而古调绝矣。"五言之体格又变,成为歌行杂体,如古有鞠歌行、放歌行等,又或单名某某歌、某某行。自此以后,再变为沈宋律诗。诗体的变迁,大概如此,至于分体的方法,也各各不同,现在姑且不论,容在下面诗的体裁一节中详细叙述。

诗的审美

学诗的人，对于诗是原始、本质，以及体格的变迁，固然宜乎有明白的认识，既于这几点认清以后，就应当进一步寻求合宜的读物，来做作诗的预备。正像店铺在开张之前，必先尽量充实他所愿发售的货品，以便应市一般。但是与个人的性情或志趣，往往绝端相反，并且不能强制苟同的，因此对于选取读物的一件事，也不能有一定的公式。从前时代对于这一类取材之权，完全操在老师手掌之中，他所喜欢的，便取来教授，他所不喜的，便抛弃不顾。关于他所取的，是否合于学诗者的个性？学诗者的程度，是否够得上他所选的读物？却完全不问。完全拿老师的心理来代表学诗者，而学诗者为处于被动地位，就不勉〔免〕有些窒碍难行。我曾见过许多资质很好的子弟，因中了老先生教授法的流毒，结果变成书呆子的很多。所以无论如何，这盲从的一点，必须避免的。

诗，本是美的文艺，也是各个人的心灵和情感的表现，我在"诗的本质"一节中已经讲过，那么学诗者对于诗之一物，一定有一种审美的观察。但这种审美的观察，又因了学诗者各个人心灵和情感的不同，也不能规定一种程限。譬如古今来各家对于美人的评论，主张就是各异。有的以肥胖为美，有的以瘦弱为美；有的拿轻颦浅笑形容美人，有的用善病工愁描状美人，种种论调，不名一格。惟究竟肥胖的算美，还是瘦弱的算美？轻颦浅笑是美，还是善病工愁的是美？这问题恐怕永远不能确断。并且古今来称美人的，大概不外乎西子、王嫱，以及赵燕、杨环这几位美人，到底美到如何程度，且不必去推究它，因美的一事，是漫无限制的。但这几位古代美人，若生于现代，也许未必能得到像她们所已得到的美誉？因从前时代，以柳腰莲步为美的，现在已一变而以肥臀突乳为美了！不过要确定"何者为美"这一个问题，除去了时代关系外，全凭个人的审美观察来断定。我以为美，那究是美，纵使旁人以为奇丑，也不相干。我以为丑，那就是丑，纵使旁人以为绝美，也不相干。并不像小学生做四则杂题，何题为加减，何题为乘除，有一定程式，不容违反的。

人们对于美人的审美观察、判断是如此；那么诗是美的文艺，学诗者对于诗的审美观察、判断又当如何？那自然也逃不出此例了。选取读物，必合于学诗者的个性，切不可违逆勉强的。凡是合于个性的，不论近人古人的作品，皆可取而研究；不合个性的，莫说近人，就是古人的名作，也当放弃，那才有造就的希望！若食古不化，可就完了！因为古人的诗，未必尽可学；就算是尽可学，也未必尽能合于个性；因为各诗家也有他们的个性，而他们的个性,也并不是一致的啊!故学诗者对于选取读物一事,必须放出各个人审美的眼光来定去取,切不可盲从老学究泥古心理,去研究那违逆个性的作品,而消灭固有的性灵,收那不良的结果。

作诗的天才

　　诗之一物，美的里面却带一些神秘的色彩，因为有许多人，文章做得很好，对于诗也很下苦工，但结果所作的诗，终觉不大入格。又有些人，生平未尝学问，有时作出诗来，却也清丽可诵。这其中不是有些奇怪么？古人说："酒有别肠，诗有别肠"，可见作诗一事，除了力学以外，一定还具有天才。谢安在下雪的时候，问子侄辈以何物可拟？谢朗说："空中撒盐差可拟。"谢道蕴〔韫〕却很敏捷的说："未若柳絮因风起。"谢朗并非不能诗，他所拟的，也未尝不像，只稍觉牵强；但谢道韫轻轻说出七字，情景逼真，更觉贴切，更觉自然；这并非二人学力的不同，却完全在天才的厚薄。故作诗一事，天才实重于学力。至于曹子建七步成章，温庭筠八叉成赋，这种敏捷的天才，更足使惊佩！故有人说：作诗这一件事，一半靠学力，一半靠天才，照以上几个人说起来，倒是不错的。

　　但是有些人竟出于此定例之外，非但毫无学力，并且连字都不识，遂口而出，居然也做成很好的诗，岂非奇怪？大概这种人是生有夙慧，故能如此，完全是靠天才了！这并非我的妄言，《宋书》和某书上曾有关于此事的纪载，现在录在后面，做一个证明。

《宋书》："沈庆之手不知书，目不识字，世祖逼令作诗，庆之口授颜师伯曰：'微命值多幸，得逢时运昌！朽老筋力尽，徒步还南岗；辞荣此盛世，何愧张子房！'"

"北齐斛律金不解书，其作《敕勒歌》曰：'敕勒川，阴山下，天似穹庐盖四野。天苍苍，地茫茫，风吹草低见牛羊。'"

"明吴东昇，武弁也，不知书，年八十卒，临终诗曰：'嘱付儿孙送我终！衣裳棺椁不须隆，停丧最好经旬外，出殡须行径路中；念我行藏无大过，请僧超度有何功？掘坑埋了平生事，休信家山吉与凶！'"

以上三首诗，虽不见得高雅过人，但各人吐属，皆切合身份，字句也很清洁可爱，此等诗出于不知书者的口中，不可说非天才了！

此外也有偏重于天才，用学力来辅佐的，像李太白少时任侠，并不致力于学问，这是他自己也承认的，他《与韩荆州书》曾有"十五好剑术，遍干诸侯；三十成文章，力抵卿相"两语，可见他的生平；但他的诗，豪壮奔放，天才横溢，是谁都承认的。更有些人，以学力到家，拿天才来济美的；像岑参五十以后才以诗见称，他在五十岁以前，并非不能作诗，因致力于学问，无暇作诗罢了，学问既足，更济以天才，自然能超过一切了。不过他的天才，比李太白来得短，故非有充足的学力，不足成名。

照以上诸说而推求，作诗学力和天才的支配，可以成为下列几个例式：

一、学力一半，天才一半。（普通诗人，大概如此。）

二、完全靠天才，而不涉于学问的。（此可称为诗坛的奇人，古今甚少见的。）

三、天才独厚，而学力来辅佐的。（此可称超越的诗人，往往有使人惊奇之作。）

四、以学力为主体，而借天才济美的。（此可称老诚的诗人，多忠厚敦笃之音。）

作诗的人，一定逃不出以上四个公例，于此我们也可知，世上单靠天才，不涉学问的人，有时可以成良好的诗；决没有毫无作诗的天才，单靠了学力，可以做成好诗的。两下一比较，更可知作诗一件事，是首重天才，而次重学力的。若没有作诗天才的人，最好还是不去勉强学它，否则画蛇添足，徒然贻为笑柄罢了！现在请转一则没有作诗天才，勉强作诗的笑话，算是本节的收束。

《两般秋雨庵随笔》载："世传曾子固不能诗，非不能也，不过稍逊于文耳。唐张道古名眺，博学善古文，读书万卷，而不能为诗。曾在张楚梦席上，时久旱，忽大雨，众宾咏之，道古最后力成绝句云：'亢阳今已久，喜雨自云倾；一点不斜去，极多时下成。'此则真不能诗者矣。"

这可是但有学力，没有天才，决难做成好诗的一个明证。

作诗的预备

凡学诗的人，对于诗的源流、本质等事，完全明瞭之后，就可以依照各个人审美的眼光，去选取合宜的读物，而加以揣摩研究。至有了相当的心得之后，才可以进一步学作诗；但这一步，也非可以一跃而登的，在未着手作诗以前，必须有充分的预备。好像用兵的人，未战之前，必集中兵力，布置妥善，然后作战，始可应付裕如；若没有充分的兵力，或布置不善，那就不免要仓皇失措了！学作诗也是如此，一切的预备，是不可疏懈的。不过作诗以前的预备事项，也不止一端，现在且就我管见所及的，分条略述于下。

一、熟读谨记

学诗的人，第一步最紧要的事，就是读诗。用外面的诗来钩起我的心灵和情感，而引出我的诗。也好比商家开市之先，必充分进足货品，以便发售。俗语说得好："熟读《唐诗三百首》，不会吟诗也会吟。"这就是说：学诗应当从熟读入手，熟读之后，就是原来不会作诗的，也可以会做。至于《唐诗三百首》，不过借作读物的代表而已。

但是其中所选的各家作品，虽不能尽如人意，却还有可取之处，宜于初学。我以为不必一定唐诗，就是宋、元、明、清各家，也尽有可取之作，可供揣摩。

读诗可分两个办法：第一个是集各家的选本，如《宋元明三百首》、《唐诗三百首》、《唐宋十八家诗选》等书，就其中选取合于个性的，抄录出来，集古近体各百首，勤加诵读，细心研究。第二个是取各名家的专集，加以鉴别，如某家的诗与我近情，便在这一家的专集中，选取古近体诗各百首诵读研究。所以必须选读的原因，是选本取材庞杂，固有不能兼顾的地方；至于专集，虽无此弊，但每一集之中，最少也有一二千首诗，在短时期内，又势难尽读。故我主张初学时必须选读，否则必如一把乱丝，无从理处，待既有头路之后，再依了编年之例，去研究全部，始可收事半功倍的效验。

二、四声辨识

现在的人，对于辨别字音一事，大都不甚讲究，往往有许多字读强，并且也有去原音甚远的。若论普通文字，但能字义不错，读音稍差，却也没有多大问题。若就学诗一事来说，那可千万不行，非将字音读得千真万确不可；否则就易犯失黏之病。作诗虽只讲平仄，平声以外，其余上、去、入三声，统称为仄声，但其间清浊响哑，也应当有深切的认识。故学诗者对于四声的辨识，万不可忽略。

四声就是平、上、去、入，我们对于任何一字，先须知道它的确音，然后再辨音是究属于何声。至于四声的分当，也有一定的标准，大概是在字音的长短高低、轻重缓急的几点上，来分出平上去入的四声。据《元和韵谱》说："平声者，哀而安；上声者，厉而举；去声者，清而远；入声者，直而促。"又《玉钥匙》歌诀云："平声平道莫低昂，上声高呼猛烈强，去声分明哀远道，入声短促急收藏。"照着此例，稍加注意，自然很易辨别，我现在不妨依着平上去入的次序，写若干字在下边，使学者作一个标准，以便于辨识。

东董冻笃，龙陇弄鹿，江讲绛觉，支止志质，
微尾未物，鱼语御玉，扶武附物，西洗细悉，
佳解戒吉，推嶉退脱，真轸震质，文吻问物，
元阮愿月，寒旱汗合，删潸散瑟，先选线息，
萧小笑屑，包宝抱博，蒿好耗壑，歌襄过阁，
麻马骂木，郎朗浪落，名敏命灭，灵岭令栗，
蒸轸正职，尤有宥叶，音饮荫邑，甘感绀閤，
盐琰艳叶，咸焰艳亦

三、归韵练习

作诗对于四声，固然要辨别清楚，此外对于押韵一事，也属必要。因为无论是古诗或近体诗，一定要叶韵，

就不叶韵，就不成其为诗。故学作诗的人，既能辨明某字属于何声以后，还要进一步辨明此字是归入某声的某韵。作诗的时候，虽说有《诗韵全璧》等书可以翻拣，但不免临渴掘井，既多麻烦，还易发生硬凑等弊；脱不了书本，若遇到临时题诗，或即席联句的时候，更是穷于应付了！故不学诗则已，学到诗对于归韵一事，必须极熟。

  练习归韵的方法，可先将各声所属的韵目牢记，然后再将每一韵中应用繁热之字，紧紧记住。好在一韵中的字音，大都相去不远，只要用心辨别，也容易弄清楚的。但上平声的东冬鱼虞，以及下平声的庚青蒸盐咸，上声的董肿，去声的御遇，入声的物月等韵，字音相似，极易混杂，务须特加注意！有同一音义的字，归入二韵或三韵，如"差"字，四支、九佳、六麻三韵俱收；如"蠹"字，四支、八齐两韵俱收；如"钗"字，九佳、六麻俱收。又有字同音异的字平仄兼收的，如"中"字，一东一送皆有；如"齐"字，八齐、八霁皆有。不过字义已变更罢了！还有同一声音的字归入几韵的，如亲清青侵等字，声音相同，但亲归真韵，清归庚韵，青、侵又是韵目。这种地方，却须注意分别，稍一疏忽，便成笑柄。总而言之，学诗者对于归韵，务须下一番熟习的苦功，把一部《诗韵》，深印在脑海里面，以便随时取用，那才可免临渴掘井之弊。

四、属对工夫

做五七言古诗，以及近体诗中的绝句，固然不一定要属对；然绝句中有时也用对句，惟非规定；若做五七言律诗，那末项、腹二联，是非对不可的。故学诗的人，在读诗及声韵之外，对属对一事，也极须注意！从前老学究，在课余之时，必拈数字，使学生们属对，也就是一种预备。出对之先，总以一二字起手，大概不外乎天对地、春花对秋月之类，以后字数逐渐增加，多至十余字为止，这因为除作诗用得到对句之外，当时博取功名的八股文，中间也须用对句的。

现在我们单讲学诗，固然用不到七字以上的对，属对的方法，不妨改变些。依我的意思，起手时就习三字对，以后逐渐增加，至七字为止，如三、五、七字对，能够流利工整，做起诗来也就够用了。惟属对一事，也不必有人出了上联，我再对下联，像从前老学究所取的死法子；凡是我目所见、耳所闻的情景事物，皆可随意拈取，来做上联，再自行觅取对句，并且也不必一定天对地、红对绿，就是天对日月星辰，红对乌素皂朱，也是可通的，这全在乎自己的死法活用，若单靠书本中所罗举的对句，是不能生效的。现在且把三言至七言的对句，略摘若干在下边，这也不过是一种格式，以备参考罢了！至于欲求工妙出奇，还在于学诗者自己推敲研究，非这几联死式子所可拘束了！

　　花常好—月初圆　　芳草地—艳阳天
　　尚书履—处士冠　　隋堤柳—汉宫花
　　龙胆草—鸡冠花　　翡翠钿—玳瑁簪
　　半湾水—一片云　　孔北海—苏东坡

　　风和日丽—草长莺飞　　春风杨柳—秋雨梧桐
　　一庭树影—三径苔痕　　千三雨意—万顷波光
　　赤心报国—白手成家　　尧帝授时—禹王治水

　　山深藏好鸟—水浅泛青鸥
　　春深留燕语—秋到试蛩吟
　　清琴调素手—古剑励丹心
　　信史千年在—奇书万卷多
　　昂头探月府—捷足步云程

　　春水浅蓝一色—夏山浓翠千层
　　花好春留鸟语—草深夜听虫吟
　　窗外青山远绕—岸边绿水长流
　　白露冷惊鹤梦—青云高奋鹏程
　　一点山青螺髻—三篙水绿鸭头

苍松树古千家屋——红蓼花疏水国天
红飞簾外花频落——绿满窗前草不除
花深时欲藏簾影——苔浅才能印屐痕
春风桃李花开日——秋雨梧桐叶落时

桃花细逐杨花落——黄鸟时兼白鸟飞
丛菊两开他日泪——孤舟一系故园心
香稻啄残鹦鹉粒——碧梧栖老凤凰枝
凤鬟雾鬓遥相忆——月户云窗许暂留

五、律诗平仄

　　古诗对于每句中之平仄，固无严格之规定，但读去不觉生硬拗口便可。至于近体诗，对于每句的平仄，却有一定的规律，不容违犯的，尤其是律诗，平仄更为重要，竟不准有丝毫的参差，绝句就稍微宽些。讲到律诗的平仄，也并没有多少变化，不过是平起平受，和仄起仄受两种格式罢了！何谓平起平受呢？就是第一句的上面两个字用平声起，依次轮到末一句，平仄完全和首句一样。何谓仄起仄受呢？就是第一句的上面两字用仄声起，依次轮到末句，平仄完全和首句相同。不论是五言、七言的律诗，都跳不出这两种格式的范围。至于五七言绝句呢，本来是截取律诗的一半，而成为一首的，那么它的平仄，自然也依着律诗，不能独异了！但有一事，须当注意，就是每句之中，应当用平声的，有时也可用仄声；应当用仄声的，有时也可用平声，故作诗有"一三五不论，二四六分明"的两句话。不过就事实上说，也未必尽然，大概七言诗中，第一、第三字的平仄，固可不论，第五字有时可以平仄兼用，有时却绝对不能；五言诗第一字可以不论，第三字也有时不能不论。好在五七言律诗格式不多，易于分别，故用◉▲两个记号来标明，◉号是本当用平声而可以兼用仄声，▲号是本当用仄声而可以兼用平声。如此学诗者自可一目瞭然，不至多所周折了！现在将五七言律诗的格式，录在下面：

平平平仄仄　仄仄仄平平
◉　　　　　▲

仄仄平平仄　平平仄仄平
▲　◉　　　▲

平平平仄仄　仄仄仄平平
◉　　　　　▲

仄仄平平仄　平平仄仄平
▲　◉　　　▲

仄仄平平仄　平平仄仄平
▲　◉　　　◉　▲

平平平仄仄　仄仄仄平平
◉　　　　　▲

仄仄平平仄　平平仄仄平
▲　◉　　　◉　▲

平平平仄仄　仄仄仄平平
◉　　　　　▲

平平仄仄仄平平　仄仄平平仄仄平
◉　　　▲　　　　　▲　　　▲

仄仄平平平仄仄　平平仄仄仄平平
　　▲　　　　　　◉　　　▲

平平仄仄平平仄　平平仄仄仄平平
◉　　▲　　　　　　▲　　▲

仄仄平平平仄仄　平平仄仄仄平平
　　▲　　▲　　　◉　　　▲

仄仄平平仄仄平　平平仄仄仄平平
　　▲　　　▲　　◉　　　▲

平平仄仄平平仄　仄仄平平仄仄平
◉　　▲　　　　　　▲　　　▲

仄仄平平平仄仄　平平仄仄仄平平
　　▲　　　　　　◉　　　▲

平平仄仄平平仄　仄仄平平仄仄平
◉　　▲　　◉　　　▲　　　▲

作诗的要诀

学诗的人,对于上述各点,既有了充分的预备,诗料已足,但触发情绪、组合字句,便可成诗了!但还没有如此容易!因为诗的取材等事,也非片言可尽,尤其是情景的描摹,事物的指陈,寓言的寄托,更非下一番研究工夫,决不能圆转如意,这是可以断言的。我往往见粗知诗歌的人,诗兴很高,动不动喜欢诌上几句,大有俯拾即是之概;但一究他们的作品,虽非全属屁诗,终究都是些人云亦云的浮泛之作,毫无可取之处。这是甚么缘故呢?就因为单有了上述的预备工夫,对于作诗的窍奥,还没有深刻的研究。这一个时期,大概是学诗者所必经的程序,不过经过相当时期之后,便会自行醒悟!故初学的人,以为诗极易作,而随便去作;稍有研究,就知诗不易作,作时也加以相当考虑;工夫进深之后,却觉得诗极难作,竟至不敢率尔操瓠〔觚〕;这真如俗语所说:"初学三年,天下去得;再学三年,寸步难行"了!

讲到作诗的诀窍,本来不止一端,现在拣最要紧的几种,分录如下,以便学诗者的参考。

一、相题

　　作诗必定有一个题目，这题目虽不必他人所出，尽可自行指定，似乎极为自由。但题目的范围也极广阔，有生熟宽狭等分别；因为有了这种分别，诗料的支配，也必须随时斟酌，以求其切合诗题。于是相题一事，就成为最重要的条件。我们不必问他人出的诗题，或是自己选定的诗题，在一题在手的时候，先认定是生是熟，是宽是狭，然后再依此程序，而集合适当的诗料，以备应用。如诗题熟而宽的，那么资料一定极多，我们可将其中浮泛陈腐的一部分抛弃，采取新颖切合的一部分。若诗题生而狭的，那么资料一定很枯窘，往往有不敷支配之虞，我们就不得不向诗题范围以外，去寻觅些旁的资料借来应用。故相题实在是极重要的。若是一题到手，不去考虑，胡乱动笔，做得好些，也不过人云亦云的老调；若不得其法，还要弄成不知所云，犯那牵萝补屋的毛病。因为作一首诗，对于资料的支配，必须平均，前后相称，方为佳作。若使一首诗中，前半截作得极好，后半截却枯窘生涩；或是后半截作得极好，前半截却浮泛不经，终不能算是佳作，这就是支配不均的结果。故我敢说：相题是集合诗料和分配诗料的中心，也就是作诗的第一紧要关键，任何人所不容忽略的。

二、字句

不论古诗、近体诗，五言诗、七言诗，对于字句间的斟酌，是极关重要的。大概句法的煅炼，总以简净为主体，必使每一句都能达意，每一句都音节高亢，能避免晦涩喑哑的毛病，就去得过了。至于字法的煅炼，却是极难，不论五七言句中，往往有因一字传神的，像"感时花溅泪，恨别鸟惊心"，这"花鸟"二字，非但为两句中的精神，就是全诗的深意，也从此二字跳出。又"掬水月在手，弄花香满衣"，"掬弄"两字，描摹出异样精神，舍此更无别一字可以更易。又"莺传旧语娇春日，花学庄严妒晓风"，"娇妒"二字，形容入妙，情景逼真。又"燕知社日辞巢去，菊为重阳带雨开"，"知为"二字，轻轻落笔，便觉生动有致。凡以上所举，皆着眼于一字，即使全句精神充沛，此等处非有磨炼工夫，决难达到，古人往往因一字推敲，费尽经营，并且有"吟成一个字，拈断几根须"的两句话，这可见煅炼字句的困难了！学诗者对于此等处，务须特加注意。

三、立意

作诗对于辞藻一事，固然要紧，而立意也不可疏忽；无论作甚么诗，意思立得好，就是词句稍觉枝嫩，也无损大体。若是立意陈腐，就是词句作得异常清丽，也毫无可取。故以意为主，词为宾。立意务必清新，发人所未发，言人所不言，这才算上品；若是人云亦云，依样葫芦，那就无甚意味了！像咏镜："任彼妍媸呈幻象，不妨喜怒暂因人。"岳忠武诗："宰相若逢韩侂胄，将军已作郭汾阳。"杨妃诗"《唐书》新旧分明在，那有金钱洗禄儿！"又如宋杨汶〔玢〕宅被邻侵占，家人欲与邻人力争，杨玢写一诗云："四邻侵我我从伊，毕竟须思未有时；试上含光殿基望，秋风衰草正离离。"此等诗意，皆是翻陈出新，可作后学模范。我们作诗，在拈到题目之后，必须先打定一个清新主意，然后再行下笔，才能得到良好的结果。

四、精神

我们无论做甚么，最要的条件，就是精神，作文如此，作诗也是如此。有精神的诗，读了使人振作，声调高亢，很足悦人。否则萎靡不振，必成为末世之音，那就无可取了！前人说："变化诗道，濯炼性情，会秀储真，起源达本，皆神之所致也。"如此可知一个"神"字，在诗中也占着极重要的地位，为作诗者所必须注意的。像李白："床前明月光，疑是地上霜，举头望明月，低头思故乡。"一种思乡的况味，跃然纸上，真是字字有神。又如《塞上曲》："林暗草惊风，将军夜引弓，平明寻白羽，没在石棱中。"也是精神饱满，有声有色。作诗于格调之外，精神也亦须并重。

五、气势

做五七言古诗，对于平仄，虽不像近体诗有严格的限制，最重要的条件，就是气势，气势盛旺，如黄河之水，激溅奔流，一泻千里，毫无阻滞，才算上品。若造句生涩，每多中断，气势衰薄，不能一贯，便是大病。如李太白的诗，不论古近体，下笔之后，一气到底，意如渴骥奔泉，汪洋浩汗，真非寻常人所能及其万一，他的诗可以说因气势盛旺而胜人的。我们要求气势的盛旺，多读这一类的作品，很可有助的。古诗如此，就是作近体诗，虽非必一定要气势如何，但自头至尾，也终以一气呵成为妙，气息不连续，也是大病，学者不可不知。

六、情景

作诗不外乎发抒性情，描写景物，故前人说"作诗跳不出情景"，这可见这两个字为诗中的要件。但我所说的情景，并非一定有若何程度，也并不限于春月秋花、晓风舞柳，与那柔情绮梦、歌扇舞衫。凡我有感于中而发于外的便是情，我耳目所触的都是景，但写入诗中，所以有好坏之分，这并不是情景的好坏使然，全在于作诗者会写与不会写罢了。这也如几个画师，同摹山景，结果也分出好坏来，是一般理由的。善写的，对于极普通的情景，也可以写得有声有色，曲折动人。不善写的，任是极好的情景,写出来也终是呆滞平庸,索然无趣。这固属是各个人的天才,但多读几首名家作品,也是很有益的。像《贞娘墓》诗:"儿家生小住金阊,却把金阊作故乡,马足残花怜薄命,牛毛细雨送斜阳;碧苔多处生红豆,青冢旁边种白杨,一寸鞋尖一寸艸,禁烟时节土犹香。"此等情景,如在目前。又《无题》诗云:"疑云疑雨了无痕!多少廋词托梦魂。黄绢心思猜石碣,红绡手语报昆仑,早看玉兔开奁镜,只恐仙尨吠洞门,为告重来刘阮道:桃花零落易黄昏。"又:"柎〔拊?〕心消息过江淮,红泪琳琅〔淋浪〕避客揩,千古知言汉武帝,人难再得始为佳。"以上三诗,何等情致,可算善于描写心事的了?又如平山堂诗云:"亞字墙围万柳条,枣花簾北酒旗飘,不教尺地清闲过,更遣长廓〔廊〕接画桥。"又《江南春思》云:"江南残日梦惟惟,愁逐年华日日添,双燕来时春欲暮,杏花微雨下重簾。"又《出关》断句云:"马后桃花马前雪,教人那得不回头?"《题驿》断句云:"帆力劈开千顷浪,马蹄踏破五湖青。"皆如好景当前,瞑索即现,可见写情写景,实为诗中要务。

七、风趣

作诗极重风趣,切忌呆滞。读有风趣的诗,正如坐对美人,饮旨酒,赏名花,爱不忍去。读呆滞的诗,正如坐对冬烘,接厉色,听严训,头疼胀脑。但风趣也因人而异的，大概风流俶傥的人，风趣必胜；古朴质实的人，必少风趣，皆根乎天性。若学诗的人，多读些有风趣的诗，性情也未尝不能稍加改变。但古代诗人，也尽有不取风趣，而以古朴感慨擅胜场的也很多，这又当别论了。曾忆元人咏牡丹诗云："枣花似小能成实，桑叶虽粗解作丝，独有牡丹如斗大，不成一事又空枝。"议论也甚切当，不过因绝无风趣之故，竟同嚼蜡，虽满口消融，毫无味道；梁晋竹所以说诗忌正论，也就指此。

现在就我所记忆的，写两首下来，做个例子。《春寒》诗云："晚风吹雨百花残，不典綈袍买醉难，还是去衣还去酒？费人斟酌是春寒。"《踏青》诗云："一夜东风剪草齐，如丝春雨湿香泥，销魂细柳营前路，半印弓鞋半马蹄。"又某僧留人度岁诗云："留君小〔且〕住岂无因？比较僧贫君更贫，香积尚馀三斛米，算来吃得到新春。""新栽梅树旁檐斜，待到春来便著花，老衲不妨陪一醉，为君沽酒典袈裟。"又如某僧示寂有句云："黄泉多少知心友，笑我来迟罚一杯。"又某病后出游有句云："比来一病轻于燕，扶上雕鞍马不知。"以上诸诗，多是以风趣擅长的，无论何人，读了此等诗，都觉得胸中开朗，爱不忍释，实因字字从性灵中流出，趣味隽永，足以使人回味，与那道貌岸然的作品，真不可同日而语哩。

八、感慨

诗人大多是富于情感的，因此感慨的意思，常在不知不觉之间流露出来。本来外界的事物，最容易触动内心的情感，孔子圣人，尚不免临川而叹！常人自然不消说了。况且诗又是发挥情感的东西，故感慨表现独多。不过我所说的感慨，是把我的情感，寄托于事物，须隐而不露，婉而不骤，方算佳品。若是直骤写出，或是愤激过当，这就不能算是感慨，却是狂发牢骚，甚且成为村妇骂街，那就无可取了！

作诗的人，对于这一点，在落笔时必须加意斟酌，务求婉转寄托，寓意于言外，古人所谓"手挥五弦，目送飞鸿"，那才神妙感人，超出一切。龚定庵《卢沟桥遇旧日门客》云："残客津梁握手欷，多君珍重问乌衣，故家自怨风流歇，敢骂无情燕子飞？"拊〔抚〕今追昔之感，完全寄在二十八字里面，真令读者仰天长叹。又如某妓《野花》诗云："蓬门莫笑托根低，不共杨花逐马蹄，溷迹自怜依旷野，添妆未许入深闺；荣枯有命劳嘘植，闻达无心谢品题；惆怅秋风明月夜，荒烟蔓草助凄凄！""惭愧飘零古道旁！本来无意绽青黄；东皇曾许分馀润，村女何妨理俭妆。讵藉馨香迷蛱蝶？不堪践蹋怨半羊；可怜车马纷驰后，膑粉零脂弔夕阳！"这两首诗，完全用野花比自己，身世之感，不期流露，婉转悽恻，又能恰合身份，的是佳品，大可取法。

九、烘托

　　画工作画，最重烘托；作诗也是如此。遇到一种事物，不易形容，直写出来，又觉平淡无奇，毫无趣味，于是不能不在正面的诗料之外，别寻蹊径，借题外的其他事物，引来烘托本题了。烘托一事，须运思入细，才能神妙。深于思致的人，往往有极难极狭的诗题，到了他的手中，运用巧思，自形容贴切，出人意外。这种天才，固不易学，若学诗的人，肯不惜脑力，去深求冥索，也非绝对办不到的事情。曾记有人题半截美人画轴云："可恨画工无妙笔！最销魂处未曾描。"形容固佳，然终嫌太轻薄些。后人就原句翻调云："画工不是无完笔，画到纤腰已断魂。"似乎比原句来得大方。又《绣鞋》诗云："南陌踏青春有迹，西厢立月夜无声。"轻轻数字，便衬出本题。又咏老马句云："齿长几何君莫问，沙场旧主早封侯。"非但衬出老马，并且寄慨遥深，出之轻描淡写，毫不费力，真是能手。又有人《咏一长〔丈〕红》句云："五尺阑干遮不住，尚留一半与人看。"也是想入非非，描摹有致。以上所举，虽属断句，也很足启发心思。

十、讽刺

　　诗人悲时感事之作，每借一事一物做题目，婉转讽刺，往往在言外微露他作诗的意思，并不直指欲做的那件事物。这一来当专制的时候，对于在上的人，不肯直指；二来直言招祸，固不必一定在上，就是同一平民，直言相规，也有时会招到嫉妒。欲待不言，心中又觉不舒服，在这种不得已情景之下，就不容不借了别事别物，来寄他的深意了！

这古人的诗，大概很多此类的作品，读诗时切宜特加注意！就如白香山咏草诗云："离离原上草，一岁一枯荣；野火烧不尽，春风吹又生。远芳侵古道，晴翠接荒城。又送王孙去，萋萋满别情。"此诗明明是因群小当朝，贤人不立，故借草来譬喻，言婉而讽，用心极苦。又如李义山诗云："龙池赐酒敞云屏，羯鼓声高众乐停；夜半宴归宫漏永，薛王沉醉寿王醒。"这一首诗是讽刺唐明皇娶杨玉环的故事的，因杨玉环本是寿王的妃子，后归明皇的。又魏鹤山《天宝遗事》诗，也写过此事，有"红锦绷盛河北贼，紫金琖酹寿王妃"两句，直斥明皇。李以当代人写当代事，故不得不隐约讽刺；魏以宋代人写前朝事，故不妨直指。但我终觉得婉转讽刺，寄音弦外的，来得有味。其他如咏蝉诗句云："莫倚高枝作繁响，也应回首顾螳螂。"咏瀑布句云："流到前溪无一语，在山作得许多声。"咏铁马云："底事丁冬时作响，在人檐下不平鸣。"皆是讽刺时事的作品，各有深意。至于昔有咏妓捐句云："赖有皮毛存国计，誓将涓滴报君恩。"虽然想入非非,但终觉过于尖刻。

十一、颂扬

凡人生当盛世,风醇政美,就有歌功颂德的作品。后来世风渐坏,重于趋承一途,对于在上的人,往往发生一种极无谓的歌颂,诗竟成进身的工具。直到现在,更是落漠,对于人家的吉凶庆吊,也一例的作诗颂扬,完全失去了颂的本意。但这也是潮流所趋,因时代而变迁的一种事实,姑且不去讲他。现在我们单就通行的应酬诗而言。(是包括唱和、寿挽各种诗的。)如其将甚么几旬自寿唱〔和〕集啊,某公荣哀录啊,及其他类似的诗卷,仔细翻阅,中间的诗,非不琳琅满目、善祷善颂,但一究其人的生平,每觉得颂祷过分,这却是时下的通病。

在我以为,此等无谓的颂扬诗,终以少作为妙,就是做起来,也须注意到以下几点。一,自己的身份,不可忘却。现在往往对人一味抬高,对己一味谦抑,自己身份如何,完全不讲,这是最大的缺点,必须在下笔时特加注意。二,颂人的善行,不可过分。现在往往对于他人的些微的善行,就大吹大擂,说得古今罕匹,天下无双,在做的人固然违心,在受的人也自得意,但旁观的人,恐怕就不能同情,这就是古人所说的言过其实了!三,根据事实,带叙带赞,最为得宜。除了有大功大德以及极大善行的人,应当受到极端颂扬之外,对于普通人就宜酌量行事。照我的意思，不妨将其人生平的事实，拿来铺叙一番，如有善行，那不妨在叙事里面，带几分赞的表示。如此一来，对于自己的身份，固然保持；对于对方，也可以过得去，虽属敷衍，却也深合应酬的意义。并且过分的恭维，非但失去自己身份，有时无意之间，触人隐恶，且足以招祸。曾记得一节老笑话，说是明太祖既登基，大家献颂，某人的颂中有"天生圣人，为世作则"两句，太祖竟误将"圣"字当做"僧"字，"则"当做"贼"字，如此一误，那作者的性命，可就断送了！可见颂扬圣德也非易事。又有李某自作感怀诗寄人家索和。某君和诗中有"论才直欲追长吉，赌酒还须呼滴〔谪〕仙"一联，不论其人才气是否能比得上李贺、李白，在作者也可算推崇备至了！不料姓李的一看此诗，便大动其气，他说长吉鬼才，是尽人知道的，他叫我追上去，明明在诅咒我死呢！于是两人便成了仇隙。由此看来，颂扬人家，是更不容易了，与其颂扬了不讨好，还是平铺直叙来得妥当。故作应酬诗，下笔时务须特别注意，不求有功，但求无过，或可免去意外的麻烦。

十二、述事

述事的诗，似乎极容易作，因为有了已成的事实，只要能将前后情节加以组织，用诗的体裁来做了范围，那就可成为一首诗了！讲到实际上，也并不如此容易。譬如作一篇游记，会作的人，信笔写来，层次固然清楚，又能描写入化，曲折动人。若是不善作文的人，纵然好景当前，历事极趣，写出来终是枯涩无味，直骤无趣。作述事的诗，也是如此，全在于运笔灵活，描写得神，才算上品。否则就如村学研〔究〕写卖田文契，失去了诗的价值。像王建的《新嫁娘》诗（见下附诗录），将一件极小的事，写得有声有色。又像贾岛的《寻隐者不遇》诗，只聊聊二十字，将所以不能相遇的情形，完全说出。这都是短章的述事诗。至于长篇像白香山的《长恨歌》，把杨环的生平记得详尽，还及于明皇宠爱、追忆、渴求的情绪，缠绵悱恻，一往情深，真是不可多得之作。又如他的《琵琶行》，送客听到琵琶，本是极平常的事，隔舟问询，也非绝对奇事，但他婉转写来，把这平常的事情，竟变成极难得的妙境，使千古以后的读者，替他扼腕叹息，又每自恨不能得到这种境地和机会。此老的述事，真有神明变化的妙用，足为作此类诗的模范。

十三、理性

无论作诗作文，最重要的就是一个"理"字，若失去了理性，任你辞章富丽，终究算不得完全的作品。故作诗不管是指事咏物，一定要写得入情入理，方能佳妙。譬如秋天的虫声，是最足引起人们愁绪的；我若说这种声音，足以代表欢乐，似乎就有些违反。又如花中的海棠、牡丹，是有色无香的，我若舍去色字反去形容它的香，那也是不可能的。其余的一切，也就可以推想而知。张继《枫桥夜泊》诗"夜半钟声到客船"一句，宋人还说诗是作得好了，但夜半不是打钟时候。这就是讥嘲他不合理性。我以为夜半虽非规定的打钟的时候，但有时也许要打钟的，或者张继泊舟的那一天，恰巧听得，也未可知。又苏东坡《雪》诗尖韵有"不知庭院已堆盐"句，后人以为"盐"字是凑韵，因盐的颜色，决不能形容雪的皎洁；此诗若押"一先"韵，那一定代为"堆棉"。但不知"盐"字确有出处，就是从谢朗"空中撒盐差可拟"一句上来的。至于安禄山《樱桃》诗云："樱桃堆满筐，半青一半黄，一半与怀王，一半与周贽。"手下因声韵不叫〔叶〕，请他把下面两句倒一个头，禄山大怒道：我儿岂可居周贽之下？那才真是无理取闹。又有人咏伍子胥句云："金欲二千酬漂母，鞭须六百挞平王。"自以为翻陈出新，却也是毫无理性。作诗的人，对于此等所在，应当郑重考虑！

十四、用典

运用典故，也是一件极困难的事情，然而作诗有时又不能不用。若用到典故，必须审慎考量，对于所用的典，出处、意义，须完全明白，然后再自己斟酌引用得是否切当？因为用得切当，固然佳妙，若稍有不当之处，便足闹成笑话，贻人口舌。并且囫囵用一典故是极容易的，只要切当就可以，但终觉呆板，甚少佳趣；最好能融会变通，死法活用，这古人所谓"用典若己出"的是了！一句诗中，虽然用着典故，却隐而不露，意思又显而易见，那才是高手。现在作诗的人，往往好用典故，有许多尽可不用的，他也非用不可，并且一首诗，引上好几个，累赘异常，徒足取厌，毫无可取。

曾见有人和王某新婚诗，竟用天壤王郎的典故，我颇不以为然，在作的人算是赞美！其实竟是在那里骂他。因为谢道韫说"不意天壤间乃有王郎！"一句话，是不满意王凝之的表示，并非赞美之词啊！用者且没有注意，可见用典须特别慎重了！像苏东坡雪诗又韵"冻合玉楼寒起粟，光摇银海眩生花。"那才是运典入妙，因玉楼是肩的典故，银海是眼的典故，用这两个典故来形容雪景，又是再贴切也没，就不当它是典也可以，后人往往忽略过去。这真是运化自然，天衣无缝哩！又后人咏荷花，往往用六郎一典，莲花称为君子花，那张昌宗却是卑鄙之人，未免太嫌亵渎。曾有咏荷句云："一尘不染真君子，错把清姿拟六郎。"似乎可以聊替荷花吐气吧？故作诗的人，对于用典，切不可率尔从事，能够不用最好，若要强用，就不免牵萝补屋之弊。至于喜欢多用，更为恶劣，就是用典组成，也不过如玄妙观的旧货摊，使人见而却步罢了！

十五、承接

不论作古近体诗，长篇短章，下笔之先，必须先集中资料，通盘支配，打定主意之后，再行下笔，方能井井有条。各体诗的章法固然各不相同，就大体上说，却跳不出"起承转合"四个字的范围。前人论诗说："起句如开门见山，峥嵘突兀；或如闲云出岫，轻逸自在。承处如草蛇灰线，不即不离；转处如洪波万顷，必有高源；合处如风迴气聚，渊承含蓄。"这几句话，确是不刊之论。大概一题在手，必先将它的纲领揭出，起句便是一首中纲领，非用极大笔力不可。等到揭出纲领之后，然后依此作去，申说一切，来承接上文。写到山重水复之处，若不用一曲笔，做个转折，非但直骤，并且有此路不通的感觉，故转笔极难，转得高妙，那真如陆放翁所说："山重水复疑无路！柳暗花明又一村"，有出人意外的妙趣。至于末了的收结，也非容易，现在有许多人作诗，上半截一泻而下，气势极好，往往扳不转舵，就是勉强扳转过来，下面却合不上龙门，却是大病。因为一合须将上半截完全收束，最好还带些袅袅余音，才耐人寻味。由此看来，这"起承转合"四字，实是作诗的命脉，必须加意考究。在下笔之先，务必面面顾到，有如匠人造屋，必先架好了梁柱，然后再砌墙铺瓦，再加粉刷。这起承转合就如架立梁柱；造句成篇，就如砌墙铺瓦；至于字句的修饰，那就是最后的粉刷了！

愿学诗的人，对于此事，切勿忽略。

十六、押韵

作诗必须押韵，这是大家都知道的。就诗的本身说：大概律诗押平韵；绝句平仄韵都可押，但以押平韵的为多；可是每首只押一韵，不能换韵的。古诗平仄韵兼押，可以换韵，并且一首诗中，屡屡更换，或平或仄，并无限制，但也有一韵到底的古诗。就韵的本身来说，一韵之中，范围有广有狭，如支、元、先、更等韵，多至数百字，像删、咸等韵，不过几十个字。广狭且不必说，就是字也有生熟，音也有响哑。

作诗的人，押韵有几个避忌如下。一，忌押哑韵。凡押了声音喑哑的韵脚，任是甚么好句子，或意思精妙，或遣词过人，读起来总是抑而不扬，非但使一句减色，通篇都受到影响，真如明珠投暗一般。二，忌押险韵。险韵并非绝对不许押，因为崎岖的字眼，实在最不容易押，有大魄力、大学问的人，偶然凑巧，押一险韵，也很觉得别致有趣。但是若用得不妥当，就是把句子弄得喑晦不通，成为笑柄。现在作诗的人，往往有因欲自显才能，故意去找险韵押，那真费力不讨好了！押稳当的韵，虽有失当，恰似人们在平地上行走，偶尔失足倾跌，至多受些痛苦，容易救治；押险韵失当，似在悬崖上失足一般，生命必难保全，并且无法可救。三，忌押熟韵。押熟韵本来不算大忌，但是过分熟套的字，往往不容易讨好，而且有许多字既极熟套，字义又极狭窄，押来押去，总是千篇一列，翻不出新意来，像蹉跎的"跎"，铜驼的"驼"等等，押上去还是人云亦云，毫无趣味，故我以为这种地方，如能避去最好。

总而言之，押韵一事，须拣响亮的字，避免太险太熟的字，并且要有了意思才去觅韵，切不可因要押那一个韵，反把意思去迁就它，那就得了。至于作近体诗，无论押平韵、押仄韵，是只能押本韵，不准过通韵的。若是作古体诗，那就不限于本韵，就是古通的韵也可押的，这一点学者也须注意。

各类诗的作法

学诗的人，对于上节所述的各种要诀，既然知道，作起诗来，一定可以免去许多困难，而收到事半功倍的效力。我现在不妨再将各类诗的作法，分述几种，以便参考。但我所说的"类"，并非指诗的派别和体格而言，乃是拿所咏的事物来分类的，像写景、咏物、赓和、哀挽等，分成若干类，说明各类之诗应如何作去，方能完善的种种法则。以便初学诗的人，可以按图索骥，易于着手，不至感觉枯窘或不能应付之弊。

一、指事诗作法

指事的诗，范围极广，大而国家政治递遭，和社会风俗的变迁，小而一家的兴替，和个人的荣辱，一事发现，便去吟咏，这就是指事。作指事的诗，若是平铺直叙，或虽有好意思，却做得太为明显，都不能算佳作。必须寓意遥深，借题发挥，将所指的事实，隐在其中，好像远雾笼山，人们虽知山在雾中，却不能见山的真面目，那才耐人寻味；若是完全直指，就毫无意味了！如唐人《春怨》云："打起黄莺儿，莫教枝上啼，啼时惊妾梦，不得到辽西。"又《闺怨》云："闺中少妇不知愁,春日凝妆上翠楼,忽见陌头杨柳色,悔教夫婿觅封侯!"这两首诗明明是指良人远戍,闺中思念而作。上一首却借黄莺,下一首却借杨柳,两下一衬,便将幽怨的情绪,描摹出来,并且还暗示其时边疆正有兵事,这种作品,可作模范。

二、写景诗作法

写景似乎是极容易的事情,但若不得其法,也决没有好诗作出来。平平描写,固然如老商贾记流水账,呆板死式;过分铺张,又犯堆垛之病,装点上千红万紫,徒然乱人目光罢了!故写景诗,须不脱不黏,如初写《黄庭》,恰到好处!如能运用巧思,别寻蹊径,那就非天分过人者不办了。像唐人《江雪》诗:"千山鸟飞绝,万径人踪灭,孤舟蓑笠翁,独钓寒江雪。"又《滁州西涧》:"独怜幽草涧边生,上有黄鹂深树鸣,春潮带雨晚来急,野渡无人舟自横。"这两首诗,都是偏重写景的,把极平常的景物,写得奇趣动人,出于意外,真是不易多得的佳作。

三、言情诗作法

言情的作品,就是古人的诗集中,也是很多,但能"发乎情止乎礼义",那就成了!惟现在作诗的人,往往将无题、香奁,混为一谈,都指为言情之作,其实并不如此。无题诗大概是讽刺时事,因不便直指的缘故,假托了男女之情，来发挥本意。至于香奁诗，却并不重于寄托，那才是完全言情的作品。作这一类诗，第一忌淫亵，用意遣词，一不小心，就容易蹈轻薄粗鄙的恶习，不登大雅之堂；若过分矜持庄重，又觉头巾气，毫无风趣；真是极难下笔的。不过作诗的人，如有深情密意，能用轻灵的笔墨描摹出来，自然另有妙趣。像唐人《红豆》云："红豆生南国，春来发几枝；愿君多采撷，此物最相思。"这是借红豆寄意的。又《遣怀》云："落魄江湖载酒行，楚腰纤细掌中轻，十年一觉扬州梦，赢得青楼薄倖名。"这是追忆的，皆很可法。不过以儿女私情形诸笔墨，终觉不大好，况且最易流入淫荡轻薄一途呢！我以为这类诗，终以少作为妙。

四、咏物诗作法

咏物的诗，若单就题面上去描写，或搜典故去铺排，最多成为一首平常无味的诗。还有些人拼命去搜罗了许多典故，硬劲凑成章句，这正如叫化子吃了三斗猪脂，便自夸腹富，结果竟与科场中的墨卷一样，生涩暗晦，令人作噁。故作咏物诗，一定要从题目的反侧两面去寻资料，并且要有寄托，尽可用题外的一切事物来比拟，正不必被题目限住。因为作咏物诗的人，歌咏一物，在作者的本意，恐未必专注于此物，其中大半是为自己写照，不过借此物来做个题目。还有些是借来譬喻时事，或讽刺时人，借物发泄罢了！若真因了一花一草的可爱，就去作咏物诗，恐怕古今来是很少的，并且这种诗也没多大意思和价值。那白香山咏草一诗，明明是借来讽刺小人当道的；林和靖咏梅百首，明明是[借]梅花来自比高洁的。各有各的本意，各有各的怀抱，那草和梅，不过是陪客罢了！学诗的人，知道了此意，那才可以作咏物诗。否则直指一物，或用典堆砌，决难出色。前人《咏胭脂》句云："南朝有井君王辱，北里无山妇女愁！"又《夹竹桃》句云："佳士情怀原烂漫，美人消息总平安。"又《鹦鹉》句云："一梦换〔唤〕回唐社稷，千秋留得汉文章。"用典入化，拟事贴切，真令人叫绝。又咏钱句云："眼孔小于穷措大，面型圆似富家翁。"又新月句云："映水有钩鱼却钓，衔山无箭鸟惊弓。"淡淡写来，刻划入微，思致巧妙，大可取法。

五、怀古诗作法

怀古的诗，在表面看来，不过追述往事，怀想古人，尽可就事铺张，就人褒贬，不必另寻蹊径。在实际上说：作怀古诗的人，他的本意，何尝止此呢！或者是引古代的事来喻眼前的事，或借古人的品节来喻自己的遭遇。我们试翻读前人的怀古诗，十首之中，倒有九首是如此的。作怀古诗，必先有了题外之意，方可下笔。如刘长卿《过贾谊宅》诗句云："汉文有道恩犹薄，湘水无情吊岂知？"他说是像汉文帝的有道，恩泽尚不及贾生，若遇无道之君，那更不必说了！暗中却隐隐以贾生自喻。但怀古诗中，也有并不借喻，却另有风标的，如范文正《过钓台》诗云："子为功名隐，我为功名来；羞见先生面，黄昏过钓台。"这首诗寥寥二十字，把景仰严陵心思，完全写出，并且极有意味，真是不可多得的佳作。至于杜甫《蜀相》诗云："丞相祠堂何处寻，锦官城外柏森森；映阶碧草自春色，隔叶黄鹂空好音！三顾频烦天下计，两朝开济老臣心；出师未捷身先死，长使英雄泪满襟。"此诗虽悲悯古人，但字里行间，还不免露身世之感！杜甫所处的环境，固然逆多顺少，又逢离乱的时候，所作的诗，也怪不得他要如此深沉郁结了！

六、赓和诗作法

赓和的诗，本来是一种应酬的文字，譬如人家拿一首诗寄给我，那么礼无不答，我也必须作一首酬答他。又有人家做了甚么述怀、自寿等诗，专诚索和的，那自然也不能拒绝。于是诗中就有了赓和一类。这一类的诗，古人集中也很多的；但在当时，对于押韵方面，并不限制，寄我的诗押"东"韵的，我尽可以押别一韵，只要是酬答就是了！到后来竟有依韵赓和的，但还是拿韵目做限制，韵脚仍是无关。此后又有用韵，就将原诗所押的韵脚来用，至于次序，还可以颠倒。现在赓和诗却盛行步韵，非但韵脚须照原诗，不能更换，并且连次序也不能颠倒，遇到平稳的韵，已感束缚，若遇险韵，那愈觉絷手缚脚，毫无回旋余地，欲求佳作，恐非容易。这也是因时代潮流而变迁的，我以为这也是时下一种习气。作赓和诗只要意旨相合，便可去得；若拘拘于步韵用韵的问题，反作不出佳妙的作品，那又何苦呢！

七、祝贺诗作法

祝贺的诗，已成了现在通行的应酬品了！在表面看来，这一类诗，似乎极容易做，只要赞扬人家，说上一篇好话，就算好了！其实却是极得体的，第一先要知道受祝贺者的生平事迹；二来就依其人的言行，定一个赞扬的程度；第三要顾到自己的身份。除此三端之外，对于其人的隐忌，也须避去；引用典故，也须比拟切合，方不至于出诧。故在以前时候，人家有喜庆的事情，用诗词来祝贺的，大概都和知朋友，平日相知有素，颂扬起来，自然能得体。若泛泛之交，用诗词来祝贺的，实在不可多见。但是现在又不然了，每到喜庆的人家去，总是琳琅满壁，各体诗词都有。若问这许多人和主人的交情，泛泛的却居十之六七，并且还有那些自己不会作诗的人，特地请人作了送去，因此往往有许多笑话闹出来；就是平稳的，也总誉扬过分，这未免太无意思了！故作祝贺的诗，须要慎重考虑，切忌草率从事。

八、哀挽诗作法

　　作哀挽的诗，难处和作祝贺相仿佛，也必须合于上节所述的几个条件。虽是痛悼的作品，但中间也不免几分赞扬的意思；在赞扬之外，便尽量发挥哀悼的至诚。由此看来，却比了祝贺，更为难些。因祝贺诗只要铺张合度、赞扬得体就成了，空泛些倒不生问题。至于哀悼的表示，却非有深切的关系、真诚的交情不可。因为这是从心坎中流露出来的至情，决非虚饰的字句所能代表。现在丧家的挽诗，虽不完全深交所作，但我们只要将许多诗合看，就可以分出交情的深浅，作品诚挚、凄恻动人的，交情必深；遣词笼统、空泛不贴的，交情必浅。这是指男子而说的，若是对于妇女，大概就看和她丈夫或儿子的交情而定了！总而言之，做到挽诗，和被挽者至少有几分感情才成。否则对于男子，说上些忠孝慈善的话；对于女子，说上些相夫事姑的事，千篇一律，无异刻板文章，姓王的可用，姓张的也可用，这种作品，竟是丧葬中的点缀品，和功布亚牌，同一价值，那就未免太无意识了！

九、离别诗作法

　　赠别的诗，完全注重在一个情字上面，这种作品，范围不像前两种的广泛；大概交情浅薄的人，决不会用诗赠别的。此类诗中，写过去爱好，和临歧不忍分袂的情形，固属主体,这所谓"不堪携手河梁上,听唱阳关煞尾声"的是了!不过离别也可分为数类,如送人征戍的诗,除了常情之外,应当用卫国保民等事来勖勉,还可希望将来功成名就,把不忍别写作应当别;如送人远游的诗,在常情之外,当更写叮咛珍重,及时早回,以及作一种歆羡,来表明自己欲游不得的情绪;如送远仕的诗,常情之外,又当用爱民保国等事相勉。这种话自然非相交极深的人不能说,这种诗也非相交极深的人作不出,若单写依依不舍之情,也无多大趣味。

此外还有两性间别离的诗,最不易作,一种缠绵情绪,固然不容易描写,临别时一种内心的感触,更是捉摸不得,真所谓"别有一番滋味在心头"了!曾记得龚定庵别小云绝句一首云:"金缸花烬月如烟,空损秋闺一夜眠!报道妆成来送我,避卿先上木兰船。"写得最为入妙,把一切别情都撇开不讲,意在言外,此等情境,比写千万句别离,还要难堪!如此心思,可算玲珑剔透了!

十、联句诗作法

联句诗,起始在汉武帝《柏梁台》诗,就是许多人合作成一首诗,每人各作若干句。这一类诗,后人效法的很多。或是两人联一首,或是许多人共联一首,也是各门机巧的一种玩意。至于每个人所做句子的多少,本也没有一定,或是每人各做两句,或是一句间一句更迭着作;或是甲先做一起句，乙承接一句，更另出一上联，甲再对上一句，也出一句上联，乙再对一句，另缴一句，甲再总合一句，这种联法，大概指律诗说的。又有不论各作若干句的，自起句之后，谁有意思，谁就接上去，意尽之后，再由别人续作。

联句诗大概作律诗、古诗的多，绝诗却是少见。诗题一事，可由随时议定，韵脚最好不加限制，以免束缚之弊。不过有一件事极须注意的，就是做联句诗时，不论二人或三人，这几个人，必须性情相近，才力也差不多，联起来才可以平稳和谐，流利可诵。若与性情绝不相同，才力又相差极远的人联句，那决定得不到好果的。譬如我欢喜清丽的，对方却欢喜浓郁的，那就绝不能相容了！若在二人以上，再加了欢喜奇特或欢喜纤巧的人在一起，各就各的心思作，虽或彼此迁就，但已违反了各个的心灵，勉强凑合成章，终觉得五花八门，格格不入，便无可取了！像唐杜甫等《送宇文石首赴县》联句诗云："爱客尚书重〔贵〕，之官宅相贤；（杜甫）酒香倾坐侧，帆影驻江边；（李之芳）翟表郎官瑞，凫看令宰仙；（宇文或〔彧〕）雨稀云叶断，夜久烛花偏；（甫）数语歌纱帽，高文掷彩笺；（芳）兴饶行处乐，离惜醉中眠；（彧）单父长多暇，河阳实少年；（甫）客居逢自出，为别几凄然。（芳）"像此诗竟如一人手笔，方为佳妙。

作诗的步骤

学作诗的人，对于以上所述的各种要点，有了相当认识以后，下笔作诗，自然可免资料枯窘，和不合格式的弊病。不过入手时也有一定的程序，逐渐递进，不可紊乱，才可望有良好的结果。这种程序，是指诗的体裁而说的；要不外乎古诗、古风、乐府、律诗、绝句几种，现在人说起来，除了律绝为近体外，其余一概都称为古体诗。

那么学诗的人，究竟应当从古体入手呢？还是从近体入手？这一个问题，却没有绝对的规定，大概从各人的见解而异，而一班老师宿儒，往往迷信古体，这也不能肯定；但照我的意思，却稍有不同，譬如登山，必由下而上，从山麓而达山巅，才是正理，若要颠倒过来，那是一定办不到的。那么学诗自然也应当由近体入手，有了相当程度之后，再慢慢的追溯上去，达到最高的目的。若一定要从古入手，一定要由上倒贯下来，似乎有些不近情理？故我以为学诗须从近体入手，尤其须从律诗入手，方为合式。

这又是甚么缘故呢？因为诗中的格律，要算律诗最为谨严，音调、琢对，**丝毫不容苟且**。初学诗的人，最容易犯散漫失序的弊病，若不用严谨的格律来限制他，一定像荒山野马，羁勒不住。又如学写字一般，起初一定要临正楷，正楷写好了，才可以临行草，从未见老师对于学生写字，入手就叫他去临十七帖、怀素草的。这也是从谨严处着手，以后逐渐弛放啊！习字如此，难道学诗就不应当如此吗？我并不是好与人家苟异，但照个人的主张，一定须从律诗入手；等到律诗有了相当功候，那么基础已定，遣辞造意也自然悉合法度，不至于散漫无序了。

先作七言律诗，其次再作五言律诗，因为七言律诗，句法来得长，容易达意；像五律句法极短，自然难于煅炼，最容易犯晦涩与词不达意的弊病，若五律能够做得明晰雅洁，那么格律已经完成了。五律之后，再进一步作七言绝句。绝句的格律，虽没有律诗那样谨严，但范围却较狭窄，统共只有二十八字，要将全题的意思包括在内，非有琢磨功夫，决难出色。七绝之后再作五言绝句，可是比了七绝更难，范围又狭，句法又短，枯窘的题目，既不易描写，广泛的题目，又写不尽许多，非黏炼工夫到家的人，决难应付。

若五绝能俯拾即是，作得佳妙，那么再进一步作七言古诗，五言古诗，也就容易了！因为五七言古诗，格律既不像律绝的谨严，平仄也不十分讲究，但求词能达意；虽篇幅的长短有别，只要懂了章法，善于调遣，就不至掣肘了！然古诗中也是五言比较难些；就篇〔幅〕说，那么短章比较容易；若是长篇，那么非有极透剔的心思，极雄伟的魄力，决不能应付裕如，当行出色。

此后再作古风、乐府等。古风与古诗，却稍有不同之处，即一篇之中，或是五七言杂用，或短句三四字、长句十余字，随势而变，并不限定，像李白的《行路难》、《长相思》等，都是古风。至于乐府，本是朝庙所用的一种乐章，后来凡被于管弦的作品，都称乐府，简直是一种变体的诗（详可参看下节中）。

此外还有许多别体，尽可不必尽学，因为对于这几个正宗体格的诗，如能循序而进，到了升堂入室之后，其余一切别体，也可迎刃而解，信笔做去，自然会有水到渠成之妙。学诗的程序，大概如此，至于融会贯通之处，那全在学者的自行斟酌了。

诗的体裁

　　诗的分体法，也极复杂，有用时代来分体的，如建安体、黄初体、正始体等十数体。有拿作者来分体的，像苏李体、曹刘体、陶谢体等三十余体。有拿诗的风格来分体的，如选体、柏梁体、玉台体等数体。有拿篇章来分体的，如古诗、近体、绝句折腰体等十余体。有拿题目来分体的，如口号体、歌行体等十余体。还有拿句法、音韵、对句等来分体的，这也是各家的心思不同，故分起体来，也因之大异了！依我说，各种分体的方法，固属不可轩轾，但其价值，不过供人家一种考证，在已成的诗人，固不可不知，若是初学作诗的人，却也不必完全知道这些考据。

　　本书的编纂，原是便利初学，故对于此等所在，也不去详细记述。在这许多分体法中，拿篇章来分体一法，似乎最切合些，故单就这一种而论，其余概归入别体之中，记其大略。终拿五七言古诗以及古风，五七言律诗，五七言绝句几种体裁来做标准；不过这几体中另有许多分枝，也必须知道，故分段详述如下。

一、五言古诗

汉代以前，没有通篇五言的诗，到苏武别亲友的诗，才是完全五言；李陵寄苏武的诗，也是通篇五言，故苏李实是五言古诗的鼻祖。

这种古诗，做起来对于平仄，却并没有一定的限制，只要读得顺口，音调不至拗涩就是了。一篇之中，也并不要对偶，并且考古诗中有对句的很少，如《木兰辞》中"朔气传金柝，寒光照铁衣"两句，偶然巧合，绝对不是有意作的。讲到押韵，也并不限定押一个韵，尽可随时更换；平韵换仄韵，仄韵换平韵，俱无不可；少或是两句换一韵、四句换一韵，多或是六句、八句换一韵，或是不喜欢换韵，那也尽可以一韵押到底。以上几点，却比了近体诗来得自由。

不过作古诗一定要气魄雄厚，格调高古，寓意深远，起落自如，那才是佳作。学诗的人，欲达到这种境地，一来要靠着天才，二来除了多读古人的名作之外，别无他法。此外对于章法、句法，也须刻意研究。章法固不外乎起承转合，但述事、写情的次序，还在自己的斟酌。五言的造句，本已极难，古诗尤其了！软弱了竟不像古诗，生硬了又嫌突兀；复杂情形，五字又包括不尽；过分简约了，又嫌晦涩难通，这几层却较近体诗难得多。并且五言古诗，中间决不准羼杂三言、七言等句，否则就变成古风了！学诗的人，最好选择各家的五古，多多诵读，第一就可助气势，其次对于章法、句法等事，也可寻求而得，细细揣摩，日久之后，自己作起来，自然会得心应手，免去许多困难，不至弄出非骡非马的笑话。

二、七言古诗

七言古诗的源流，出于汉武帝柏梁台诗；此诗非但开通篇之端，并且也是联句诗的创始，但也有人说是后人伪托的。

讲到七言古诗的作法，它的不拘平仄，不限对偶，与五古相同，不过句法较长，点景述事，造句似乎比了五古稍为有假借些；至于篇章的结构，气势的振拔，也绝非容易的事情。前人论七言古诗说："七言古诗，其平仄对偶，固不甚拘；但要铺叙有开阖，有风度，迢递险怪，雄峻铿锵；忌庸俗软腐。须似波澜开合，一波未平，一波又起。又如兵家之阵，方以为正，忽复为奇；方以为奇，忽又为正；出入变化，不可纪极。备此法者，惟李杜也。做七言古诗者，宜开阖灿然，音韵铿然，法度森然，神思悠然，学问充然，议论超然。"这一节议论，对于七言古诗，可谓道破一切了！作七言古诗的人，只要能合以上的条件，那就可以成名。其余对于押韵等事，却与五古大同小异，不必赘述它。

不过上述的五七言古诗，都是正宗，此外还有许多分枝，概归入别体之中，可以参看下边的纪述。还有古风一种，也就是五七言的变体，大致相同。不过古风的句法，稍有分别，它并非通篇都是几字一句的。有时五言句中夹杂几句三言、七言；有时七言句中，夹杂几句三言、九言；每句长至十余字，短至三四字都有。此体李白集中最多。它的换韵也没有绝对的限定，这要学者读诗时自去揣摩了！

三、五言律诗

律诗的肇兴，大约在声律进步之后，有人说是始于永明诸子，以后越弄越周密，便完成了律诗的一种体裁。又说沈约、谢朓、王融精协四声，和以作诗，是律诗的创格者。

五言律诗，规定每句五字，每首八句，分二句为一联。故第一、第二句称为起联，第三、第四句称为项联，第五、第六句称为腹联，第七、第八句称为结联。每句的平仄，务必和谐，（平仄例见"学诗预备"一节中。）通首只押一韵，不能越出，不能转韵，古通的韵，也绝对不能用。章法虽不外乎"起承转合"四字，但因句子有了规定，对于这四字似乎也有了限制，大约起联是起，项联承，腹联转，结联合，虽也有出于此例之外的，却是极少。起联、结联，不必对偶，却也有对起、对结的；项联、腹联，那是一定非对不可的，对偶不工，还算犯忌，若不对，竟不成为律诗。至于拿项联二句与腹联相对，那就是别体。

五言律诗，合于以上条件之外，最难的就是字句的斟酌，因为每一句统共五个字，要写出一种意思，还要音调高吭，形容入妙，岂是毫无研究的人所能办到的。五言造句，务必雄厚浑璞，简洁明净，切不可有丝毫累赘，虚字和浮泛的字入句，尤其最大的弊病。故每句虽只有五个字，这五个字却字字得力，没有一个字不着实，若有一些虚泛，句子顿形软弱无味。前人论五言诗谓造句"孤竹当风，毫无假借"，这真是不刊之论。但是学诗的人，欲达到上述的境地，除了多读古人诗之外，平时多多练习造句，指定一事一物做题目，做一句或一联，对或不对，也不必限定，如此磨练，很有进步的。又须做到如何程度才合格呢？这须能合包含题义、简洁明净、音调高吭几个条件，并且每句五字已足，决不能再加上两字，变为七言，那时作起五律来，就不虞不佳了！

四、七言律诗

七言律诗的起始，或比了五言律诗稍后，大约是因为有了五言律诗之后，才变化增加而成七言律诗的。盛唐时候，律诗风行，各家专集中，七律也很多，尤算沈佺期、宋子问最著名。

七律每句用七字组成，每首也是八句，也分起、项、腹、结四联，大致和五言律诗相同。起、结两联，不限定对偶，但用对句，也并非绝对不可以，如偶然巧合，对了固无不可，不过不必去硬对罢了！项联、腹联，那就不然，非但要对，并且要对得工整。押韵皆押平韵，只押一韵，不准通转的，至于复韵，那更不消说了！还有那字义差不多的韵，也不能押在一起，如"花"字和"葩"字，"芳"字和"香"字之类，因为字音虽不复，意思却是重复了。不论五七言律诗，若押仄韵，这一体却称为古律，陈子昂等所作最多。此外复字也是忌的；譬如起句中已经用过一个"天"字，以后便当该避去，不可再用，因为复用一字，任是如何，意思总归近似的，如上面用的是"苍天"、"胡天"之类，下面却又"天上"、"天风"等字，字面虽异，终脱不了重复；即下面用"天山"、"天关"等字，意义虽变，但无论如何，一个"天"字总是重复的。故复字必须避免，就是万不得已时，不能避去，也当审慎！此事非但七言律诗，就是五言律诗，也当如此的。

至于造句一层，似乎七言比了五言，来得容易些，其实照我想来，其中的难易，也极些微的，不过七言句法较长，述事写景，稍为容易透达，描写一切，也略有回旋的余地罢了！但也有不易讨好之处，因为句子长了，每每犯软弱的毛病，欲作得雄峻挺拔，高吭过人，反比五言为难，非有真实工夫不可。如工夫没有到，又自知犯了软弱的毛病，硬劲去求句法的雄峻挺拔，结果终弄得生硬不堪。这却是作七律的一重难关。欲打破此关，也不外乎多读和练习造句两做〔个〕方法。古人说："五言不可加，七言不可减。"这是很有意思的；每见近人的五言句子，只要在上面加两字，竟可变为七言，七言的句子，替他截去两个字，也可变成五言，这确是最大的毛病，作者在造句时务必注意！

　　五七言律诗之外，还有五七言排律，这不过是律诗的变体，唐代以诗取士，就用此排律，平仄、对偶、押韵，大致与律诗相同，不过句子多少不等，自六韵起或十余韵，或数十韵，最多竟有百韵，或将一韵的字完全押尽。除了起、结二韵以外，中间都是铺排对句，故称为排律。前人论此体诗谓："排律诗不以煅炼为工，而以布置有序、首尾贯通为尚。"可见排律的体致了！我以为这种诗太嫌做作，并无多大意思，正可不必去学它，仅述大略，也是聊备一格罢了。

五、五言绝诗

　　五言绝诗，是五言律诗截取一半，来做全首的，故也称为截句或是绝句。截取之法，也不一定，或取上半截，或取〔下〕半截，或弃上下而截取中段，此法金圣叹论得最详细。每句五字，每首四句，平仄与五言律诗大略相同，不过有时对于音调，也可以通融。韵是平仄都可以押的，但不能变更通转。通首不必对偶，但属对也是可以的，这一点似乎比了五律的限制，来得宽松。不过全首统共只有二十个字，要包括一切，不落窠臼，那真颇非容易啊！

　　作五言绝句的不二法门，便是古人说的"言简而约，意蓄而达"两句话了。欲达到此二语底目的，最少也要下几年苦功，始能如愿。若初学的人，冒昧的去作五绝，任你天资怎么高也不成，普通人是更不消说了。故我在"作诗的程序"一节中说过，必须五律作得好了，才可以学作五绝，正是这个缘故。每读古人的五绝，如"寥落古行宫，宫花寂寞红！白头宫女在，闲坐说玄宗。"又"美人卷珠帘，深坐颦蛾眉！但见泪痕湿，不知心恨谁？"等诗，也深觉言简意深，爱不忍释。但是欲求如此，半靠工夫，一半还靠天资，否则决计弄不好的，我深望学诗的人，不要看易五绝。

六、七言绝诗

　　七言绝诗，是截取七律诗的一半而成的，法则和五绝大同小异，大概或取前半截，或后半截，有时也取中段。中间也并不必对偶，但对起、对结，也并不避忌，要在自然，不必强求罢了。押韵也是或平或仄皆可以，惟不能变换通转或重叠。至于复字一层，虽不是绝对禁忌，但在能够避开的时候，最好不要重复，如不得已而重复，下笔时也当审慎！至于像唐人"劝君莫惜金缕衣，劝君惜取少年时！花开堪折直须折，莫待无花空折枝！"一诗，非但一个字重复，叠连好多字重复，那又当别论了！

以限制而论，七绝自然没七律那种严格，但彼有八句，此只四句，篇幅却比了狭窄。故律诗可以利用铺张之法；惟绝诗却绝对不容铺张，因统共四句，若再去铺张，还如何能切题呢？毫无假借，必须句句切合，字字着实，开合分明，圆转如意，方是佳作。这一点却比作七律为难。不过七言绝句，比了五言绝句，那就稍为容易，因为句法较长，意致翻腾起来，觉得宽展，不至受到束缚。

　　作绝句诗，无论五七言，贵乎一气呵成，对于起承转合，要在在注意，铢两悉称，不致有头重脚轻和尾大不掉之弊，这固然是至理名言。但有许多绝句，却闲闲而起，淡淡而承，并不见得怎样，在转笔却如奇峰突起，出人意外，结尾处如骤马悬崖，猛然勒住，即上面之一起一承，亦因此而引出精神，这种作法，非有千钧笔力，是万万办不到的。如一起一承，虽甚出色，转结不佳，即失精彩，竟如半截美人，不免遗恨！故转结最为重要，如起承甚佳，转结能相称，那末通首平稳，无疵可索；若起承平淡，那就一定要借转结来反逼了！故绝诗最忌的就是头重脚轻之病。学者对于这一层，却不容不特别注意的。现在学诗的人，往往视律诗为畏途，不敢轻易尝试，动不动喜欢做绝诗，五古七古那是更不必说了！这都是怕格律的谨严罢了；不知绝诗的难处，在律诗之上，不过大家没有深切的研究，以致误认为容易，只要把以上所述的几点，仔细想一想，就不难领悟它的难处了。

古近体诗的格式

诗的体裁，已各上节所述，但每一体中，还可分出许多格式，像古诗的换韵、将煞等法，近体的偏正、失黏等法；格式也不止一种，而这种格式，在学诗的人，一定必须明瞭，故特将各种格式录下，并引古人诗来做证例，使学者易于通晓，下笔作起诗来，也有了个遵循的轨道，不至散漫无序，不合格式。但是因篇幅的关系，却不能多举，每格举一例，此外学者在读诗的时候，随处留意，也不难互证。现在将古近体的各种格式述下。

一、古诗每句用韵格

此每句用韵的古诗，大概一韵到底的居多，每句必须押韵的。如岑参《敦煌太守后庭歌》："敦煌太守才且贤，郡中无事高枕眠；太守到来山出泉，黄沙碛里人种田。敦煌耆旧须皓然，愿留太守更五年。城头月出星满天，曲房置酒张锦筵。美人红妆正色鲜，侧垂高髻插金钿。醉坐藏钩红烛前，不知钩在若个边！为君手把珊瑚鞭，射得半段黄金钱，此中乐事亦已偏。"

二、古诗二叠促句换韵格

此法止限于六句的诗,三句一换韵,或平或仄,既押了平韵,不准换仄韵;押了仄韵,不准换平韵。如"芦花如雪洒扁舟,正是沧江兰杜秋,忽然惊起散沙鸥,平生生计如转蓬,一生长在百忧中,鲈鱼正美负秋风。"

三、古诗三叠促句换韵格

此法止限于九句的诗,也是三句一换韵,但不限定平换平、仄换仄,可以平仄韵任意更换。如黄岩观《伯时画马》诗:"仪鸾供帐饕虱行,翰林湿薪爆竹声,风〔簾〕官烛泪纵横。木穿石盘未渠透,坐窗不傲〔遨〕令人瘦,贫马百啮逢一豆,眼明见此玉花骢,经思着鞭吟诗翁,城西野桃寻小红。"

四、古诗平头换韵格

此法七句方换一韵,第一句平声,不能双杀,双杀就失了此法的真谛。如苏东坡《太白赞》:"天人几何同一沤,谪仙非谪乃其遊,挥斥八极溢九州,化为两鸟鸣相酬,一鸣一止三千秋,开元有道少留,縻之不得矧肯求!东望太白横峨岷,眼高四海空无人,大儿汾阳中君令,小儿天台坐忘身,平生不识高将军,手涴吾足矧敢嗔,作诗一笑君应闻。"

五、古诗五句格

古人曾有五句的诗,此格大概是即事遣兴的多,如赠送题物,却不合用。诗止五句,故须一韵到底,押平韵、押仄韵是不拘的。如杜子美诗:"曲江萧条秋气高,菱荷枯折随风涛,游子空嗟垂二毛!白石素沙亦相荡,哀鸿独叫求其曹。"

六、古诗六句格

此法言每首止有六句、押韵等法,与五句大略相同。此等诗也不过是放言遣兴,决不可用为寄赠。如黄山谷诗:"三公未白首,十辈拥朱轮,只有人看好,何益百年身?但愿身无事,清樽对故人。"

七、古诗双杀二句一换韵格

此法每逢两句换一韵,平换仄、仄换平都可以,但逐句都要押韵的。如徐玄之《采莲》诗:"越艳荆姝惯采莲,兰桡画楫满长川。秋来江水澄如练,映水红妆如可见。此时莲蒲珠翠光,此日荷风罗绮香。纤手周游不暂息,红英烂熳殊未极。夕乌栖林人欲稀,长歌哀怨采莲归。"

八、古诗双杀二句换韵以后不换格

此式起二句押一韵,第三起换韵,第四句顶一韵,以后每二句为一韵,不再更换。如李白《短歌行》:"白日何短短,百年苦易满!苍穹浩茫茫,万劫太极长!麻姑垂两鬓,一半已成霜;天公见玉女,大笑亿千场。吾欲揽六龙,回车挂扶桑,北斗酌美酒,劝各一大觞,富贵非所愿,与人驻颜光。"

九、古诗双杀六句三韵一变格

此式每二句为一韵,连押三韵,再换押他韵,平仄可以互换。如《陌上桑》:"美女渭桥东,春还事蚕作,五马如飞龙,青丝结金络,不知谁家子,调笑来相谑。妾本秦罗敷,玉颜艳名都,绿条映素手,采桑在城偶〔隅〕,使君且不愿〔顾〕,况复论秋胡。寒螀爱碧草,鸣凤栖青梧,托心〔自〕有处,但怪旁人愚,徒令白头暮,高驾空踟蹰。"

十、古诗逐句韵二韵一变格

此式每句用韵,每二句换押他韵,平仄可以互换。如李峤《拟古东飞伯劳西飞燕》:"传书青鸟迎箫凤,巫岭荆台数通梦。谁家窈窕住园楼,五马千金照陌头。罗裙玉珮当轩出,点翠施红竞春日。佳人二八盛舞歌,羞将百万呈双蛾,庭前芳树朝夕改,空驻研〔妍〕华欲谁待。"

十一、古诗八句押两韵格

此式通篇共止八句，起二句皆押韵，第三句空，第四句仍叶上铺，第五、第六句换韵，第七句空，第八句叶，宛如两首绝诗合并而成。如宋之问《军中人日登高赠房明府》："幽郊昨夜阴风断，邨〔顿〕觉朝来阳吹暖，经〔泾〕水桥南柳欲黄，杜陵城北花应满。长安昨夜寄春衣，短翻〔翻〕登兹一望归，闻道凯旋乘骑入，看君走马见芳菲。"

十二、古诗五句一换韵后用长短句变韵格

此式每句押韵，至第五句后换押他韵，并且句法也变换。如李白《白纻辞》："月寒江清夜沉沉，美人一笑千黄金，垂罗雾〔舞〕縠扬哀音！郢中白雪且莫吟，子夜吴歌动君心。动君心，冀君赏，愿作天池双鸳鸯，一朝飞去青云上。"

十三、古诗重叠用韵格

此式通篇用一韵，所押的韵脚，或两押，或三押，重叠相用。如杜甫《醉〔饮〕中八仙歌》："知章骑马似乘船，眼花落井水底眠。汝阳三斗始朝天，道逢麴车口流涎，恨不移封向酒泉。左相日兴费万钱，饮如长鲸吸百川，衔杯乐圣且避〔称〕贤。宗之潇洒美少年，举觞白眼

望青天，皎如玉树临风前。苏晋长参绣佛前，醉中往往爱逃禅。李白斗酒诗百篇，长安市上醉〔酒〕家眠，天子呼来不上船，自称臣是酒中仙。张旭三杯草圣传，脱帽露顶王公前，挥毫落纸如云烟。焦遂五斗方卓然，高谈雄辨惊四筵。"

十四、古诗全篇皆平声格

此式古今极少见，因为全篇皆用平声，无仄声加入里面，音调极难和叶，若全平声能够和叶，真是难能可贵了，故古人对于此体，也是极少的。如陆龟蒙《夏日闲居》诗："荒池荷蒲深，闲居苔莓平，江边松篁多，人家簾栊清。为书凌遗编，调弦夸新声，求欢虽殊途，深幽聊怡情。"

十五、古诗全篇皆仄声格

此式与上节恰巧相反，全用仄声，没有一个平声羼入，也极不易作。如梅尧臣《舟中》诗："月出断岸口，影照别舸背；且独与妇饮，颇胜俗客对。月渐上我席，暝色亦稍退；岂必在秉烛？此景已可爱。"

十六、古诗全平全仄间句格

此式即一句全平声，一句全仄声，间杂相用的，故逢单句是完全平声，逢双句完全仄声。如《雪诗》："春云骄难同，朔雪若不足，寒声惊人眠，脱色夺我目。龙鸾交横飞，玉鳄两灭没。天开光春花，地秉不夜烛；沙鸥汤煡翎，海鳄陆死骨，轻尘扬游丝，暗响递折竹，空林炊烟迟，近市酒券促。平增江山青，厚满涧壑欲，荒污蒙包含，螣蟊赖斥逐；天心贻来牟，帝命走岳渎。欢呼驰黄童，瑞霭动白屋；行将登弦歌，岂止塞口腹。而予章缝儒，滥拥绣豸服；观风听民谣，稽首效华祝，休征年年如，圣主万万福。"

十七、古诗双声格

凡同音不同韵的两字，用在一起，叫做双声，如容云、木密、隐映、讴雅、通滩、乱浪、夷犹、澹荡等字，都是双声。如陆龟蒙《溪上思》："溪空惟容云，木密不损雨，迎渔隐映间，安问讴雅櫓。"皮日休《和溪上思》："疏移杉通滩，冷鹭立乱浪，草彩欲夷犹，云谷空澹荡。"

十八、古诗叠韵格

凡同音又是同韵的字，连缀在一起，做成一句，这种格式，便叫做叠韵。如皮日休《山中吟》："穿烟泉潺湲，触竹犊觳觫，荒篁香墙匡，熟鹿伏屋曲。"又陆龟蒙《吴宫词》："红栊通东风，翠珥醉易坠，平明兵盈城，弃置遂至地。"

十九、五言律诗正格

凡五言起句，本来不必押韵，依规定的平仄，一气而下，不用拗句，就是正格。此体押平韵的居多，然像陈子昂等五律，也时押仄韵，后人别为古律。例如杜甫《春夜喜雨》诗："好雨知时节，当春乃发生；随风潜入夜，润物细无声。野径云俱黑，江船火独明。晓看红湿处，花重锦官城。"上一诗仄起的。如贾岛《题李凝幽居》诗："闲居少邻并，性〔草〕径入荒园，鸟宿池边树，僧敲月下门。过桥分野色，移石动云根；暂去还来此，幽期不负言。"这一首是平起的。

二十、五言律诗偏格

凡五言律诗，第一句起时即变更平仄，也就押韵的，这就是偏格。如许浑《秋日赴阙题潼关驿楼》诗："红叶晚萧萧，长亭酒一瓢；残云归太华，疏雨过中条。树色随关迥，河声入海遥；帝乡明日到，犹自梦渔樵。"这是仄起的。又如李商隐《风雨》诗："凄凉宝剑篇，羁泊欲穷年，黄叶仍风雨，青楼自管弦。新知遭薄俗，旧好隔良缘，心断新丰酒，销愁又几年。"这一首是平起的。

二一、五言律诗变格

凡律诗中的第一、第二联，或是中间两联，或是末后两联，所用平仄，完全相同的，就是变格。但这种格式，古人集中，常有得看见，近人诗中，却就少见。如唐求《题郑家隐居》诗："不信最清旷，及来愁已空；数点石泉雨，一溪霜叶风。业在有山处，道归无事中，酌尽一杯酒，老夫颜亦红。"

二二、五言律诗失黏格

凡律诗中有一联或是二联，与规定的平仄相拗，这就叫做失黏。如虞世南《侍宴归雁堂》诗："歌堂面绿水，舞馆接金塘，竹开霜后翠，梅动雪前香。凫归初命侣，雁起欲分行，刷羽同栖集，怀思愧稻粱。"

二三、七言律诗正格

凡七言律诗，大概押平韵的居多，但也有押仄韵的，正格起句即须押韵。也分平起仄起，平起的如崔颢《行经华阴》诗："岧峣太华俯咸京，天外三峰削不成；武帝祠前云欲散，仙人掌上雨初晴。河山北枕秦关险，驿树西连汉畤平，借问路旁名利客，无如此处学长生。"仄起的如杜甫《九日》诗："老去悲秋强自宽，兴来今日尽君欢，羞将短发还吹帽，笑倩旁人为正冠。蓝水远从千涧落，玉山高并两峰寒；明年此会知谁健！醉把茱萸子细看。"

二四、七言律诗偏格

七言律诗，本当第一句即须押韵，但也有起句并不押韵，到第二句才押韵的，这就是偏格。平起的如韦应物《寄李詹元锡》诗："去年花里逢君别，今日花开又一年。世事茫茫难自料，春愁黯黯独成眠；身多疾病思田里，邑有流亡愧俸钱。闻道欲来相问讯，西楼望月几回圆。"仄起的如杜甫《阁夜》诗："岁暮阴阳催短景，天涯霜雪霁寒霄；五更鼓角声悲壮，三峡星河影动摇，野哭千家闻战伐，夷歌几〔数〕处起渔樵？卧龙跃马终黄土，人事音书漫寂寥。"

二五、七言律诗变格

凡七律中连续有二联以上平仄相同的句子，通篇音调，必至完全变动，这就叫做变格。如李白《登金陵凤凰台》诗："凤凰台上凤凰游，凤去台空江自流；吴宫花草埋幽径，晋代衣冠成古丘！三山半落青天外，二水中分白鹭洲，总为浮云能蔽日，长安不见使人愁！"

二六、七言律诗失黏格

凡七言律诗中，有一联或二联里面，平仄不调的，这就是失黏格。如王维《出塞作》："居延城外猎天骄，白草连天野火烧；暮云空碛时驱马，秋日平原好射雕。护羌校尉朝乘障，破虏将军夜渡辽。玉靶角弓珠勒马，汉家将赐霍嫖姚。"

二七、五言绝诗正格

五言绝句，凡是首句不押韵的为正格。也分平起仄起，平起的如孟浩然《宿建德江》诗："移舟泊烟渚，日暮客愁新。野旷天低树，江清月近人。"仄起的如杜甫《八阵图》诗："功盖三分国，名成八阵图，江流石不转，遗恨失吞吴。"

二八、五言绝诗偏格

五言绝句，凡是首句变更平仄即行押韵的，别为偏格，因为五言诗第一句，本来不须押韵，现在却竟也押韵，自然不能算是正格了。如元稹《行宫》诗："寥落古行宫，宫花寂寞红，白头宫女在，闲坐说玄宗。"

二九、五言绝诗仄韵格

凡做律诗，押仄韵的极少，惟绝诗却平仄兼押，尤其是五绝，押仄韵的最多。如王维《杂诗》："君自故乡来，应知故乡事。来日绮窗前，寒梅着花未？"

三十、五言绝诗失黏格

五言绝诗，以格调高古为上，故对于平仄，并不十分重视，失黏的诗多，就是各为平仄的也有。失黏的如陈子昂《赠乔侍御》诗："汉庭荣巧宦，云阁薄边功，可怜骢马使，白首为谁雄？"各为平仄的如王维《鹿柴》诗："空山不见人，但闻人语响，返景入深林，复照青苔上。"

三一、七言绝诗正格

七言绝诗，首句即行押韵的为正格，也分平起仄起。平起的如顾况《宫词》："玉楼天半起笙歌，风送宫嫔笑语和；月殿影开闻夜漏，水晶簾卷近秋河。"仄起的如张继《枫桥夜泊》："月落乌啼霜半〔满〕天，江枫渔火对愁眠。姑苏城外寒山寺，夜半钟声到客船。"

三二、七言绝诗偏格

七言绝诗，也有首句并不押韵，到第二句才押韵的，那就是偏格，也分平起仄起。平起的如朱馀庆〔庆馀〕《近试上张水部》诗："洞房作〔昨〕夜停红烛，待晓堂前拜舅姑；妆罢低声问夫婿，画眉深浅入时无？"仄起的如李益《夜上受降城闻笛》："回乐烽前沙似雪，受降城外月如霜，不知何处吹芦管，一夜征人尽望乡。"

三三、七言绝诗仄韵格

七言绝诗，普通说起来，总是押平韵的居多，但也并不是绝对不能押仄韵。押仄韵比了押平韵稍难，故后人都不敢妄押罢了。如长孙佐辅《寻山家》诗："独访山家歇还涉，茅屋斜连隔松叶；主人闻语未开门，绕篱野菜飞黄蝶。"

三四、七言绝诗失黏格

失黏拗句，在律诗中固然应当避忌，在绝诗中却是常有的，有的诗竟反因失黏拗句的缘故，更觉气势雄伟、音调挺峭呢！失黏的如张说《泛洞庭》诗："平湖一望上连天，秋景千寻下洞泉。忽惊水上江华满，疑是乘舟到日边。"拗句如李白《登庐山五老峰》："庐山东南五老峰，青山削出青芙蓉，九江秀色可揽结，吾将此地巢云松。"

以上三十四种格式，大体具备，懂了这些事，做起诗来，也就不愁不合体制了。但是除了此三十四种以外，也并非绝对没有别种格式，不过那些格式，都落小路，像甚么联珠、辘轳、迴文、盘中等等，也不下二三十种格式，不过是小儿女矜奇斗异玩意，学诗的人，正不必去学它，故不列入。

学诗必读

五言古诗选

月下独酌　李白

花间一壶酒,独酌无相亲。
举杯邀明月,对影成三人。
月既不解饮,影徒随我身。
暂伴月将影,行乐须及春。
我歌月徘徊,我舞影零乱。
醒时同交欢,醉后各分散。
永结无情游,相期邈云汉。

望　岳　杜甫

岱宗夫如何?齐鲁青未了。
造化钟神秀,阴阳割昏晓。
荡胸生层云,决眦入归鸟。
会当凌绝顶,一览众山小。

西施咏　王维

艳色天下重，西施宁久微。
朝为越溪女，暮作吴宫妃。
贱日岂殊众，贵来方悟稀。
邀人傅香粉，不自着罗衣。
君宠益骄（娇）态，君怜无是非。
当时浣纱伴，莫得同车归。
持谢邻家子，效颦安可希。

寄全椒山中道士　韦应物

今朝郡斋冷，忽念山中客。
涧底束荆薪，归来煮白石。
欲持一瓢酒，远慰风雨夕。
落叶满空山，何处寻行迹。

溪　居　柳宗元

久为簪组束（累），幸此南夷谪。
闲依农圃邻，偶似山林客。
晓耕翻露草，夜傍（榜）响溪石。
来往不逢人，长歌楚天碧。

宿王昌龄隐居　常建

清溪深不测，隐处惟孤云。

松际露微月，清光犹为君。
茅亭宿花影，药院滋苔纹。
馀亦谢时去，西山鸾鹤群。

七言古诗选

琴　　歌　李颀

主人有酒欢今夕，请奏鸣琴广陵客。
月照城头乌半飞，霜凄万木风入衣。
铜炉华烛烛增辉，初弹《渌水》后《楚妃》。
一声已动物皆静，四座无言星欲稀。
清淮奉使千馀里，敢告云山从此始。

宣州谢朓楼饯别校书叔云　李白

弃我去者，昨日之日不可留。
乱我心者，今日之日多烦忧。
长风万里送秋雁，对此可以酣高楼。
蓬莱文章建安骨，中间小谢又清发。
俱怀逸兴壮思飞，欲上青天览明月。
抽刀断水水更流，举杯销愁愁更愁。
人生在世不称意，明朝散发弄扁舟。

夜归鹿门歌　孟浩然

山寺鸣钟（钟鸣）昼已昏，渔梁渡头争渡喧。

人随沙岸向江村，余亦乘舟归鹿门。
鹿门月照开烟树，忽到庞公栖隐处。
岩扉松径长寂寥，唯有幽人自来去。

石鱼湖上醉歌　元结

石鱼湖，似洞庭，夏水欲满君山青。
山为樽，水为沼，酒徒历历坐洲岛。
长风连日作大浪，不能废人运酒舫。
我持长瓢坐巴丘，酌饮四座以散愁

琵琶行　白居易

浔阳江头夜送客，枫叶荻花秋瑟瑟。
主人下马客在船，举酒欲饮无管弦。
醉不成欢惨将别，别时茫茫江浸月。
忽闻水上琵琶声，主人忘归客不发。
寻声暗问弹者谁？琵琶声停欲语迟。
移船相近邀相见，添酒回灯重开宴。
千呼万唤始出来，犹抱琵琶半遮面。
转轴拨弦三两声，未成曲调先有情。
弦弦掩抑声声思，似诉平生不得志。
低眉信手续续弹，说尽心中无限事。
轻拢慢捻抹复挑，初为《霓裳》后《六幺》。
大弦嘈嘈如急雨，小弦切切如私语。

嘈嘈切切错杂弹,大珠小珠落玉盘。
间关莺语花底滑,幽咽流泉水下滩。
水泉冷涩弦凝绝,凝绝不通声暂〔渐〕歇。
别有幽情〔愁〕暗恨生,此时无声胜有声。
银瓶乍破水浆迸,铁骑突出刀枪鸣。
曲终收拨当心画,四弦一声如裂帛。
东船西舫悄无言,惟见江心秋月白。
沉吟放拨插弦中,整顿衣裳起敛容。
自言本是京城女,家在虾蟆陵下住。
十三学得琵琶成,名属教坊第一部。
曲罢曾教善才服,妆成每被秋娘妒。
五陵年少争缠头,一曲红绡不知数。
钿头云〔银〕篦击节碎,血色罗裙翻酒污。
今年欢笑复明年,秋月春风等闲度。
弟走从军阿姨死,暮去朝来颜色故。
门前冷落车马稀,老大嫁作商人妇。
商人重利轻别离,前年〔月〕浮梁买茶去。
去来江口守空船,绕船月明江水寒。
夜深忽梦少年事,梦啼妆泪红阑干。
我闻琵琶已叹息,又闻此语重唧唧。
同是天涯沦落人,相逢何必曾相识。
我从去年辞帝京,谪居卧病浔阳城。
浔阳地僻无音乐,终岁不闻丝竹声。

住近湓江地低湿,黄芦苦竹绕宅生。
其间旦暮闻何物?杜鹃啼血猿哀鸣。
春江花朝秋月夜,往往取酒还独倾。
岂无山歌与村笛,呕哑嘲哳难为听。
今夜闻君琵琶语,如听仙乐耳暂明。
莫辞更坐弹一曲,为君翻作《琵琶行》。
感我此言良久立,却坐促弦弦转急。
凄凄不似向前声,满座重闻皆掩泣。
座中泣下谁最多?江州司马青衫湿。

古乐府选

关山月 李白

明月出天山,苍茫云海间。
长风几万里,吹度玉门关。
汉下白登道,胡窥青海湾。
由来征战地,不见有人还。
戍客望边色,思归多苦颜。
高楼当此夜,叹息未应闲。

游子吟 孟郊

慈母手中线,游子身上衣。
临行密密缝,意恐迟迟归。
谁言寸草心,报得三春晖。

长相思 李白

长相思,在长安。
络纬秋啼金井阑,微霜凄凄簟色寒。
孤灯不明思欲绝,卷帷望月空长叹。
美人如花隔云端,
上有青冥之高天,下有渌水之波澜。
天长地远魂飞苦,梦魂不到关山难。
长相思,摧心肝。

哀江头 杜甫

少陵野老吞声哭,春日潜行曲江曲。
江头宫殿锁千门,细柳新蒲为谁绿。
忆昔霓旌下南苑,苑中表〔万〕物生颜色。
昭阳殿里第一人,同辇〔辇〕随君侍君侧。
辇前才人带弓箭,白马嚼啮黄金勒。
翻身向天仰射云,一箭正坠双飞翼。
明眸皓齿今何在,血污游魂归不得。
清渭东流剑阁深,去住彼此无消息。
人生有情泪沾臆,江草江花岂终极。
黄昏胡骑尘满城,欲往城南望城北。

五言律诗选

望月怀远　张九龄

海上生明月,天涯共此时。
情人怨遥夜,竟夕起相思。
灭烛怜光满,披衣觉露滋。
不堪盈手赠,还寝梦佳期。

杂诗　沈佺期

闻道黄龙戍,频年不解兵。
可怜闺里月,长在汉家营。
少妇今春意,良人昨夜情。
谁能将旗鼓,一为取龙城。

题大庾岭北驿　宋之问

阳月南飞雁,传闻至此回。
我行殊未已,何日复归来。
江静潮初落,林昏瘴不开。
明朝望乡处,应见陇头梅。

渡荆门送别　李白

远渡〔渡远〕荆门外,来从楚国游。
山随平野尽,江入大荒流。

月下飞天镜，云生结海楼。
仍怜故乡水，万里送行舟。

月　　夜　杜甫

今夜鄜州月，闺中只独看。
遥怜小儿女，未解忆长安。
香雾云鬟湿，清辉玉臂寒。
何时倚虚幌，双照泪痕干。

山居秋暝　王维

空山新雨后，天气晚来秋。
明月松间照，清泉石上流。
竹喧归浣女，莲动下渔舟。
随意春芳歇，王孙自可留。

过故人庄　孟浩然

故人具鸡黍，邀我至田家。
绿树村边合，青山郭外斜。
开轩面场圃，把酒话桑麻。
待到重阳日，还来就菊花。

淮上喜会梁州故人　韦应物

江汉曾为客，相逢每醉还。

浮云一别后，流水十年间。
欢笑情如旧，萧疏发〔鬓〕已斑。
何因不归去，淮上对秋山。

旅　宿　杜牧

旅馆无良伴，凝情自悄然。
寒灯思旧事，断雁警愁眠。
远梦归侵晓，家书到隔年。
沧江好烟月，门系钓鱼船。

落　花　李商隐

高阁客竟去，小园花乱飞。
参差连曲陌，迢递送斜晖。
肠断未忍扫，眼穿仍欲归。
芳心向春尽，所得是沾衣。

七言律诗选

送李少府贬峡中王少府贬长沙　高适

嗟君此别意何如，驻马衔杯问谪居。
巫峡啼猿数行泪，衡阳归雁几封书。
青枫江上秋帆远，白帝城边古木疏。
圣代即今多雨露，暂时分手莫踌躇。

客　　至　杜甫

舍南舍北皆春水，但见群鸥日日来。
花径不曾缘客扫，蓬门今始为君开。
盘飧市远无兼味，樽酒家贫只旧醅。
肯与邻翁相对饮？隔篱呼取尽馀杯。

自夏口至鹦鹉洲夕望岳阳寄元中丞　刘长卿

汀洲无浪复无烟，楚客相思益渺然。
汉口夕阳斜渡鸟，洞庭秋水远连天。
孤城背岭寒吹角，独戍临江夜泊船。
贾谊上书忧汉室，长沙谪去古今怜。

赠阙下裴舍人　钱起

二月黄鹂飞上林，春城紫禁晓阴阴。
长乐钟声花外尽，龙池柳色雨中深。
阳和不改穷途恨，霄汉常悬捧日心。
献赋十年犹未遇，羞将白发对华簪。

西塞山怀古　刘禹锡

王濬楼船下益州，金陵王气黯然收。
千寻铁锁沉江底，一片降幡出石头。
人世几回伤往事，山形依旧枕寒流。
从今四海为家日，故垒萧萧芦荻秋。

自河南经乱，关内阻饥，兄弟离散，各在一处。因望月有感，聊书所怀，寄上浮梁大兄、于潜七兄、乌江十五兄，兼示符离及下邽弟妹　白居易

时难年荒世业空，弟兄羁旅各西东。
田园寥落干戈后，骨肉流离道路中。
吊影分为千里雁，辞根散作九秋蓬。
共看明月应垂泪，一夜乡心五处同。

隋　宫　李商隐

紫泉宫殿锁烟霞，欲取芜城作帝家。
玉玺不缘归日角，锦帆应是到天涯。
于今腐草无萤火，终古垂杨有暮鸦。
地下若逢陈后主，岂宜重问《后庭花》？

苏武庙　温庭筠

苏武魂销汉使前，古祠高树两茫然。
云边雁断胡天月，陇上羊归塞草烟。
回月〔日〕楼台非甲帐，去时冠剑是丁年。
茂陵不见封侯印，空向秋波哭逝川。

宫　词　薛逢

十二楼中尽晓妆，望仙楼上望君王。

锁衔金兽连环冷，水滴铜龙昼漏长。
云髻罢梳还对镜，罗衣欲换更添香。
遥窥正殿簾开处，袍袴宫人扫御床。

贫　　女　秦韬玉

蓬门未识绮罗香，拟托良媒益自伤。
谁爱风流高格调，共怜时世俭梳妆。
敢将十指夸针巧，不把双眉斗画长。
苦恨年年压金线，为他人作嫁衣裳。

五言绝诗选

相　　思　王维

红豆生南国，春来发几枝？
愿君多采撷，此物最相思。

宿建德江　孟浩然

移舟泊烟渚，日暮客愁新。
野旷天低树，江清月近人。

登鹳雀楼　王之涣

白日依山尽，黄河入海流。
欲穷千里目，更上一层楼。

问刘十九　白居易

绿蚁新醅酒，红泥小火炉。
晚来天欲雪，能饮一杯无？

何满子　张祜

故国三千里，深宫二十年。
一声《何满子》，双泪落君前。

登乐游原　李商隐

向晚意不适，驱车登古原。
夕阳无限好，只是近黄昏。

玉台体　权德舆

昨夜裙带解，今朝蟢子飞。
铅华不可弃，莫是藁砧归？

送灵澈（僧名）　刘长卿

苍苍竹林寺，杳杳钟声晚。
荷笠带斜阳，青山独归远。

送崔九　裴迪

归山深浅去，须尽丘壑美。
莫学武陵人，暂游桃源里。

哥舒歌　西鄙人

北斗七星高，哥舒夜带刀。
至今窥牧马，不敢过临洮。

七言绝诗选

桃花溪　张旭

隐隐飞桥隔野烟，石矶西畔问渔船。
桃花尽日随流水，洞在清溪何处边？

芙蓉楼送辛渐　王昌龄

寒雨连江夜入吴，平明送客楚山孤。
洛阳亲友如相问，一片冰心在玉壶。

凉州曲　王翰

葡萄美酒夜光杯，欲饮琵琶马上催。
醉卧沙场君莫笑，古来征战几人回。

逢入京使　岑参

故园东望路漫漫，双袖龙钟泪不干。
马上相逢无纸笔，凭君传语报平安。

江南逢李龟年　杜甫

岐王宅里寻常见，崔九堂前几度闻。

正是江南好风景,落花时节又逢君。

月　夜　刘方平
更深月色半人家,北斗阑干南斗斜。
今夜偏知春气暖,虫声新透绿窗纱。

征人怨　柳中庸
岁岁金河复玉关,朝朝马策与刀环。
三春白雪归青冢,万里黄河绕黑山。

宫　词　白居易
泪尽罗巾梦不成,夜深前殿按歌声。
红颜未老恩先断,斜倚熏笼坐到明。

填词百日通

金铁庵

引　言

　　从前的老师宿儒，被八股文、赋得诗一类东西蒙了心窍，对于词曲，非但不加研究，并且视为没有价值、"不登大雅之堂"的东西，或竟加以"淫词邪曲"的痛诋！《词品》也有"填词于文为末"的论调；纪昀也有"词曲二体，在文章技艺之间；厥品颇卑"的说数。实则词曲果然是"于文为末"，"厥品颇卑"么？我敢说一定不然，词在文艺上，却另有其价值。

　　论诗的人，有"言为心声"及"在心为志，发言为诗"的说法，诗是如此，词又何独不然！近来有许多研究词学的人，以为词是最适于抒情的，以婉约为正宗，与诗没有多大的分别，不过是诗中抒情的一部分；此论颇切当。依此而论，诗在文艺上既占有相当的地位，词与诗既无多大的分别，自然也当有其文艺的价值了！并且词有"诗馀"的名称；"诗馀"二字的意义，岂非说词是诗的风流〔流风〕馀韵么？或作"诗之流变"解释，但诗与词还站在同一的地位上，不可偏废。

　　对于填词诋为"淫词邪曲"、"不登大雅之堂"的人，不是被八股文的腐气蒙了心窍，便是被理学的魔道夺了灵魂！否则就是没有情感、没有性灵的蠢物。我此言并非过甚之辞，你想欧阳修、司马光、范仲淹等几位老先生，总算道学气十足的了，还不免有几首轻盈婉约的词；其馀如刘禹锡、白居易、温庭筠等一班风流自赏的诗人，那更不必说了。词如其是"淫"的，是"卑劣"的，恐怕不仅欧阳、司马一班道学先生不敢为，就是刘、白一班风流名士也不屑做吧！

我对于词学本来没有甚么研究，不过在我个人的心目中，总以为词是轻词婉约而极可爱的，并且是一种极美的文艺，它可以描写出诗所不能描写的情绪，可以感动诗所不能感动的人物，正如对时花美女，一般的不忍离去。这也是因为词的范围广大，不仅于一端，词的主体，只在抒情所致；大约情感，是任何人都有的，不过各有不同，词既是发挥情感的文字，自然易于得到人们的同情了！

现在我编这一本小册子，不敢说研究词学，其目的仅在将填词的方法，稍稍介绍给初学的人们，使在丛杂的歧路上得到一条可以通行的途径。对于词学考据等事，本书中虽稍涉及，但是用客观的眼光，采取古今各家的言论，介绍给读者，不敢妄参私见，反使读者多所迷惑，而自蹈入主出奴的恶习。

本来，研究词学是一事，学习填词是又一事，不必相提并论，也不可相提并论的。本书既以介绍填词方法做主体，对于此外的一切，就是简略一些，也不至损害书的本身；在学者，若是因学填词而读本书的，对于起源、变迁等事，约略知道一点也就够了；若欲研究词学，正可另寻专书。总而言之，我这本小册子，是学填词的入门法，并非词学的研究书，读者认清了这一点就得了。

词 与 诗

词与诗是各个独立的？还是二者互相维系的？这一个问题，古今各家的意见，颇有出入，现在不妨摘举数则于下。

李东琪说："诗庄词媚，其体元别。"

汪森说："古诗之于乐府，近诗之于词，分镳并驰，非有先后。"

若照前说，那末诗是诗、词是词，各个独立，并不相合的。若照后说，诗与词又系一体，不过"分镳并驰"而已。若照《人间词话》的说法，却又出于以上二说之外：

盖文体通行既久，染指遂多，自成习套。豪放之士，亦难于其中自出新意；故遁而作他体，以自解脱。一切文体所以始盛终衰者，即由于此。

《词综序》说："盖词实继古诗而作，而本于乐。"

照这两个说数，词与诗既非各个独立，也非绝不相关，但词却是诗的一种变体，此说较为圆通。但王昶论诗词二位一体之法，却又不同，他说：

"不知者谓诗之变,而其实诗之正也。"

若照王昶这种论调,非但打倒"诗庄词媚,其体元别"的说数,连"分镳并驰"、"词继古诗而作"等两说,也完全推翻;他并且非但说词即是诗,诗即是词,还承认词是诗的正宗。这是前人对于本问题不相同的见解。至于近时研究词学的人,意见也不能尽同,现在也摘录几则于下。

> 胡云翼说:"中国文字分类只顾形式,不顾内容及其他方面,……词之得名,也是由于诗之形式上少有改变,遂另立词名,以别于诗。其实词不但是诗,没有何等差别,而且形式更适宜乎抒情,音节更响亮,内容更是情感的。"

> 胡适说:"唐代乐府歌辞,先是和乐曲分离的;诗人自作律绝诗,而乐工伶人谱为乐歌。中唐以后,歌辞与乐曲渐渐接近,诗人取现成乐曲,依其曲拍,作为歌辞,遂成长短句。"

若依前说,词与诗原系一般,不过形式上稍有不同,这种不同之点,他还以为更适宜于抒情;若依后说,歌辞、乐曲,本是分离的,中唐以后,不过由分离而接近,并非相合,诗人做长短句,不过依乐曲的曲拍而谱辞成为长短句,就是律绝诗的入乐,也是乐工依诗谱拍,如此说来,诗仍是诗,词另为词,二者是各个独立，并非一体了。

　　我们在这几种不同的见解之下，要想下一个确切的判断，那是极不容易。那末我们究竟从何说为是呢？我却以为诸说并存，因为学填词的人，只须学那填词的法则，对于考据的事，知道一点，固然没有坏处；就是一些儿不知道，也绝不相干。这诗词相同、相异的问题，与学填词的一件事，是绝对不发生关系的。前人"淫词邪曲"的痛诋，与"不知者为〔谓〕诗之变，实诗之正也"的高调，都是先入为主的偏见所激而然，与词的本身，何尝有甚么损益呢？我所以主张诸说并存。

词的起源

词的起源，究竟在甚么时代？这问题也一时很难解答的。唐诗，宋词，元曲，这是大家所公认的；其实词非起于宋也，正如诗非起于唐，不过词到宋朝是个极盛的时代而已。若推源起始，各家的见解，也不相同。

黄昇说："李太白《菩萨蛮》、《忆秦娥》二阕，为百代词曲之祖。"

若依此说，词的起始，似乎在盛唐时候。

徐釚说："填词原本乐府。《菩萨蛮》以前，追而溯之，梁武帝《江南弄》，沈约《六忆诗》，皆词之祖，前人言之详矣。"

若照此说，词的起始，又似乎在六朝时代了。

汪森说："自有诗而长短句寓焉。《南风》之操，《五子》之歌，《周颂》三十一篇，长短句居十八；汉《郊祀歌》十九篇，长短句居其五，至短箫铙歌十八篇，篇皆长短句，谁谓非词之源乎？"

若照此说，词的起始，又似乎在先秦时代了。

　　王述庵《词综序》言："盖词实继古诗而作，而本于乐，乐本于音，有清浊高下、轻重抑扬之别；乃为五音十二律以著之，非句有短长，无以宣其气而达其音。故孔氏颖达《诗正义》谓：风雅颂有一二字为句，及至八九字为句者，所以和人声而无不均也。三百篇后而楚辞亦以长短句为声，至汉《郊祀歌》、《铙吹曲》、《房中歌》，莫不皆然。苏、李画以五言，而唐时优伶所歌，则七言绝句，其馀皆不入乐府；李太白、张志和以词续乐府，不知者谓诗之变，而其实诗之正也。由唐而宋，多取词入于乐府，不知者谓乐之变，而其实所以合乐也。"

　　照上面一段说话，词的起源，是与诗同出于风雅颂的。其实古时的诗，原皆可入乐的，自五言、七言的诗兴盛，与乐才渐渐的分离，可以入乐的诗，惟有七言绝句了！在这个时期——中唐以前，诗人自诗人，乐工自乐工。诗人自作他的诗，乐工自作他的歌辞。诗人的诗是给人诵读的，所以写成整齐的五言、七言；乐工的歌辞，是要合音乐歌唱的，所以依曲拍填成长短句。诗与乐有了这一个分离的时期，故后来李太白《菩萨蛮》、《忆秦娥》两调，后人视为百代词祖，反将以前合乎词的风雅颂中的长短句忘去了。

朱竹垞《群雅集序》说："用长短句制乐府歌诗，由汉迄南北朝皆然；唐初以诗被乐；填词入调，则自开元天宝始。"

此说也是词与乐府相同，不过以前是先有了歌辞，然后乐工依辞制曲；后来是先有了曲调，诗人才依曲填词，这种论调，确很切合。我们有以上几个证例，就可以知道诗词本是同源于三百篇的了。

词的本质

诗在文艺上是优美的一种,词虽与诗同源,但比了诗更要优美。就形式说:诗体是字句整齐,词体是字句长短,可以分为整齐的美,与参差的美;但词终因为字句的参差,它的美更超出于诗,非但读上去声调比诗更来得清越耐味,就是句法也因长短之故,增出不少美趣,正合乎"非句有长短,无以宣其气而达其音"的两句古话了。

胡云翼他说:"词是更合宜于抒情的小诗",这句话我也以为是的;词的确以抒情为主体。本来男女侧艳的幽思,或委婉幽怨的情绪,非诗所能描写,也非整齐的诗所能描写得出,那末要发挥这种情绪,除了具有参差美的词以外,还有别的适当文体么?发挥这种情绪,本是将生活中忽起忽灭的片段感情,随时随地用自然的方式来表现,固然用不到整齐的形式,也用不着庄重的情调。故三百篇中,关于抒情的一部,十九倒具有参差的美;其馀如民间的情歌,也是参差的多,词的体裁,因此而适合于抒情的条件。

情感是任何人所同具的;莫说"万物之灵"的人,就是虫鸟细小的东西,也未尝没有情感,春鸟秋虫的鸣,何尝不是情感的表现！虫鸟的鸣声，在虫鸟方面，固然是发挥他们的情；在听到鸣声的人，除觉悦耳、可爱之外，还不免因此而触动自己内心的情绪吧？虫鸟尚能发挥情感，人为万物之灵，难道反不如虫鸟么？词就是人类发挥情感最好的工具。好鸟鸣春，音调何等的轻盈婉约、秋虫啼月，何等的幽怨悱恻？我于此就知道词人的发挥情感来填词，也正须轻盈婉约、幽怨悱恻的。也可说词是为写轻盈婉约、幽怨悱恻之情而作，因为富有轻盈婉约、幽怨悱恻之情而存在的。

即如苏东坡填词，以豪放不羁为工，终逃不了"铜琶铁板"的讥评；并且这种格调，也只适宜于怀古伤今，终非词的正格；然而像东坡不过在儿女柔情中透露英雄本色，终不能掩盖他儿女柔情的面目。如《浣溪沙·春闺》："綵索身轻常趁燕，红窗睡重不闻莺"，也不在"晓风残月"之下啊！词的本质，是轻盈婉约，幽怨悱恻，而富于儿女柔情的，也可说是非具有儿女柔情，不能算词的正宗。

词的发展

词的起源,是远在汉魏,但词的盛行,却在宋代,中间沉寂了好几百年,一向没有人去注意到它,中唐以后,始稍稍有人想起它,到宋代却有勃兴之势。这种惊人的发展,也是事势所造成,故一发而不可遏止。范义田《词与诗的关系及其形成发展》一文的一节说:

我们单就文学本身上说:词的兴盛最有力的原因,就是为的宋代"文以贯道的文学观念",在为渊驱鱼。本来在唐代"文以载道"的文学观念发生后,幸当时魔道仅危及古文,而未祸及诗体。宋承其绪,魔道更重,不幸殃及于诗了,理学家至以诗说理,毫无灵感生气,即最低限度,作诗也要顾到"温柔敦厚"的诗教。文人一方面沿袭着陈旧的诗体,一方顾到圣贤的诗教,不能自由发抒感情;然而本能的感情是不能闭塞的,恰好尚有大人先生所未尝注目,尚未登于雅乐之堂,未为圣贤诗教的风化所及的"诗馀",便是一个最好的感情的决口,超然于礼教以外的乐园。……一方面,诗呆立在"魔道的圣谕"前,扳着灰暗的面孔；一方面，词庇荫在"诗馀的幌子"下，眯着微笑的眼睛。于是诗就日益衰颓，词则日形发达了。

上边的一段议论，的确是极有见地的。在诗未为道魔袭击的时候，人们还可以借诗来发抒情感，故词并不被人所重视，而有"诗馀"的轻微称号。待到道魔将诗的灵魂握住之后，已成了槁木死灰，再也没有一些儿生动之气，人们所有轻盈婉约、幽怨悱恻的情绪，不能借它来发抒了；自然不能不舍了道魔掌握中的诗，而趋向于词了。故词在宋代发展的迅速，着实惊人，算来还是道魔的势力所促成的。

词的声调

　　诗人的作诗，用一种整齐的方式，写出他胸中的情思，或是述事状物。这种诗，完全是给人家赏玩，给人家诵读，虽也有一定的声调，但以不入乐曲之故，仅取其字句顺口、音节高吭而已。讲到词，却就大大不然。词这一种文艺，非但是优美的，并且要"被之管弦，按拍歌唱"的，若字句稍有不合，立刻就会发生障碍，不能合拍，故填词对于声调一事，极须考究。

　　学作诗的人，只要能辨四声，或者只能辨明平仄，就可以勉强敷衍了，因为诗中决没有哪一个字，一定要指明用哪一声的，大概用仄之处，上、去、入三声，可以任意使用，只要避去生涩暗哑罢了。词却不然，本来是四声，却在平声之中，又分出阴平、阳平，变成五声；并且句法之中，除了规定平仄之外，有时还指定某句的某字，一定要用去声，要用上声、入声，若是违犯了，就算失律。

　　照上述的规定，有人疑心它太呆板了，这是不懂音调的话。它为何一定要将四声分作五声？句法中一定要指定某字必用某声？这也无非要词句合于乐曲而已。音律本有宫商角徵羽五音，阴阳平上去入，就是暗合五音，字句中所以有些字务必指定某声，也是合于音，不然就不能"被之管弦，按拍歌唱"了。

声调一事，在词曲里最为重要，不学填词便罢，如学填词，必须细细考究。（后文分论中可以参看。）在普通人说：词的声调，只要婉转悠扬，轻灵朗澈，就算尽其能事；但这些话，究系空泛之论，不能作为根据。因为说的人固然轻描淡写的道出八个大字，在学的人若要达到"婉转悠扬，轻灵朗澈"的一个境界，却非在音律上下一番苦功不可。故研究声调，务要细辨五音，然后将一首词中的字句，细细揣摩，方能谐协。

学词的预备

我们无论学一件甚么事,在着手之前,必定有一番预备,预备周至之后,然后依了步骤进行,可以免去不少意外的麻烦,进行也可以较为顺利。学词的预备,要比学诗来得烦复,因为它的曲调极多,字句绝不相同,不能用一种或几种的公式代表词的全部,种种规律,又不容稍有含混,故比学诗来得艰难。现在将必须知道的几件事分条细述于下,以便学词者的参考。

一、学词检谱法

词无论长短,必有一定的调名;曲调之多,不下数百,每一调中,字句固然不限定,但平仄是有一定的,某字或必用平声,或必用仄声,或平仄可以并用,但句法就各自不同了;学词的人,如但选取了古人的词去照填,难免感觉棘手,故词谱就成了学词的一条捷径。词谱是一方选录古人的词,一面在每个字的旁边,注着平仄的符号,使人可以一目瞭然。本书所用三种不同符号,〇是代表平声的,▲是代表仄声的,◉是表示平仄声可以通用的;学词的人,有了这种显明的图谱,翻检起来,自然来得容易。

二、词中的名词

词调有几个专用的名，也须明瞭。

第一叫做"韵"，在一首词中的任何一句下面，往往注着一个"韵"字，这就是通首起韵之处。

第二叫做"叶"，凡句下注有"叶"字的，也是用韵的句子，就是说这一句的末一字，与上边的韵相叶的；凡调中韵换得多的，就注明"叶首仄"或"二平""三仄"等字，使学者不至蒙混。

第三叫做"句"，凡此中注"句"字的地方，是一句已毕，并不用韵的。

第四叫做"豆"，这种句法却是不论字数多少的句子，在中间顿挫一下，就名为"豆"。如"笑嚼红绒，笑向檀郎唾"，"应念我，终日凝睇"等句都是的。

第五叫做"换"，凡词谱中注着"换平"两字的，必是以前所押的仄韵，到此方始换平韵；注着"换仄"字样的，必是以前所押是平韵，到此方换仄韵的；或注"三换平"、"四换仄"字样的，就是表示第三次换平韵，或第四次换仄韵的。

第六叫做"叠"，凡词中不论是全局叠，或语尾数字叠，或语尾倒叠，或一字数叠，只要字句有重复，就叫叠。

第七叫做"阕"，词谱称一首词为一阕，凡双调的词，都是前后两阕合成的,称为前阕、后阕,长调也有三阕或四阕合成的。

三、音调的揣摩

对于以上所述两节,能够认清之外,最要的便是诵读。读词除了熟读谨记,凝想其中深意之外,还须揣摩音调,故诵读的时候,一定要曼声而歌,才有婉转悠扬之妙。先不妨选取小令若干首,读熟了字句之后,再缓缓歌诵,将词中平仄不能互用的地方,试为改换,如此再吟,看音节上能否谐协?便可知道其中的玄妙。小令弄熟之后,再选中调若干首,如法揣摩,以次及于长调。如能勤勉从事,不消多少时候,一定能够心领神会,填起词来,不期然而然的合于规律,不至于失律,也不至于不合音节了。

四、词调的辨别

词的调名,非常繁多;并且一个调有几个别名的,如《调笑令》又名为《三台令》、《转应曲》、《宫中调笑》等;还有一调数体的,如《望江南》除了正调之外,另有两体,《何满子》除本调之外,另有三体;还有一调的别名,与另一调的正名近似的,如《菩萨蛮》又名《巫山一片云》,另外却又有《巫山一段云》的正调,其中只一字之差,每易相混。以上这几点,在入手的时候,每每感觉困难。从前的人对于此点,有主张只用正名本格,异名异体，完全不去管它，这也是舍繁就简的方法。学者如到有相当程度的时候，再进一步去研究以上的种种问题，非但不算迟，并且还容易得手。故本书中所选一百调，也就根据这一点，异体固然不收，就是异名也不列入，使学者易于辨别，不至于发生相混的困难。

五、句法的特点

词句所以能有婉转清扬的妙趣，不仅在遣词的轻灵，句法却是一个主脑问题。词的字句，长短不一，最少二三字，如《钗头凤》等结句，竟用一字三叠；最长的句子，竟在十字以外。这种长短的句法，已可使音调婉［转］悠扬，胜过诗的呆板老调，但还不能达婉［转］清扬的绝境，其中尤以领句、豆句各种句法，才造成抑扬婉转的声调。

所谓领句之法，就是在每句首字之下，作一顿挫，然后一气读下；如柳永《隔帘听》词中"认绣履频移，洞房杳杳"，姜夔《玉梅令》词中"有玉梅几树，背立怨东风"，周邦彦《意难忘》词中"爱停歌驻拍，劝酒持觞"等句，都用首字一领，只此一顿挫间，便添出无限婉转；此等句若直用五言句，便无味了。

至于豆句，却是每一句中间作顿挫的，或是七言前三、后四断法，如姜夔的《玉梅令》词"春寒锁旧家亭馆"，秦观的《海棠春》词"睡未足把人惊觉"等句，都是在第三字下作顿挫的。还有连两豆句作对的，如晏几道《两同心》词"拾翠处闲寻流水，踏青路暗惹芳尘"等句。还有九言豆句，如范仲淹《苏幕遮》词"秋色连波波上寒烟翠"，孟蜀主《洞仙歌》"绣簾开一点明月窥人"等句。很是繁多，不胜枚举。但一句长句之中，经此一顿挫，正所以"宣其气而达其音"，非但辞句间觉得婉转，就是音节上也觉得有回旋之地，抑扬有致了。

此外如叠字叠句，也都于声律上有关，容在另节中详述。

学词的人，对于词的句法，也须刻意讲求，切不可以讹缠讹，而致囫囵吞枣，不识真味。在领句、豆句、叠句等法，犹当细心体会，加意揣摩，始可得到词的真粹。

六、词韵与诗韵

诗、词、曲都是有韵之文，但词韵却与诗韵不同，以沈氏词韵为标准；因为沈氏的词韵，取证古词，考据极博，统分平、上、去三声为十四部，因入声没有与平、上、去三声通押的法则，故又别五部，一共是十九部，现在将韵目分部录下：

第一部　（平）一东二冬通用，（仄上）一董二肿、（去）一送二宋通用。

第二部　（平）三江七阳通用，（仄上）三讲二十二养、（去）三绛二十二漾通用。

第三部　（平）四支五微八齐十灰半通用，（仄上）四纸五尾八荠十贿半、（去）四置五味八霁九泰半十队半通用。

第四部　（平）六鱼七虞通用，（仄上）六语七麌、（去）六御七遇通用。

第五部　（平）九佳半十灰半通用，（仄上）九蟹半十贿半、（去）九泰半十队半通用。

第六部　（平）十一真十二文十三元半通用，（仄上）十一轸十二吻十三阮半、（去）十一震十二问十三愿半通用。

第七部　（平）十三元半十四寒十五删一先通用，（仄上）十三阮半十四旱十五潸十六铣、（去）十三愿半十四翰十五谏十六霰通用。

第八部　（平）二萧三肴四豪通用，（仄上）十七筱十八巧十九皓、（去）十七啸十八效十九号通用。

第九部　（平）五歌独用，（仄上）九蟹半二十哿通用，（去）二十个独用。

第十部　（平）九佳半六麻通用，（仄上）九蟹半二十一马、（去）九泰半二十一祃通用。

第十一部　（平）八庚九青十蒸通用，（仄上）二十三梗二十四迥二十五拯、（去）二十三映二十四径二十五证通用。

第十二部　（平）十一尤独用，（仄上）二十六有独用，（去）二十六宥独用。

第十三部　（平）十二侵独用，（仄上）二十七寝独用，（去）二十七沁独用。

第十四部　（平）十三覃十四盐十五咸通用，（仄上）二十八感二十九琰三十豏、（去）二十八勘二十九艳三十陷通用。

第十五部　（仄）一屋二沃通用。

第十六部　（仄）三觉十药通用。

第十七部　（仄）四质十一陌十二锡十三职十四缉通用。

第十八部　（仄）五物六月七曷八黠九屑十六叶通用。

第十九部　（仄）十五合十七洽通用。

将这十九部韵与诗韵一比较，就知道两下不同之点了。学词的人，最好将这十九部通用的韵目熟读谨记，那末填词时可以省却翻检的麻烦。

填词要诀

上述六节,在入手之初,就当先有相当认识的;对于这几点明白之后,才可以研究填词的方法。但是填词的方法,不止一端,千头万绪,若是笼统的说,很不容易明瞭,非要提纲挈领、条分缕析的演述,决不能使初学的人心领神会。现在分述如下。

一、五音的审辨

宫商角徵羽,是乐中的五音,我们要辨字音的究竟属于哪一种,也有一定的方法。大约宫音都从喉中发出,商音都从齿间发出,角音为牙音,徵为舌音,羽为唇音。从前人的填词度曲,字字都须审辨其音所属,然后才谱入词中,自然能够声调和谐,不至失律了。照韵书上说:"欲知宫,舌居中;欲知商,开口张;欲知角,舌根缩;欲知徵,舌拒齿;欲知羽,口吻聚。"这的确是审辨五音的不二法门,也是学填词的人,一定要注意的特点。

昔人曾说:"南宋时有内司所刊《乐府混成集》,列举各种词曲宫调,当日填词家莫不奉为圭臬。迨后《混成集》失传,好填词者,但依旧谱,按字填缀,不复研究宫商,而词律遂日渐废矣。"照上面一段话讲,学填词的人,不能"但依旧谱,按字填缀",就算完事,一定要研究五音。

二、阴阳的分别

　　古时候人的填词谱曲,都是"被之管弦,按拍歌唱"的,故对于阴阳音的考究,甚为严格。元周德清论填词法云:"欲作乐府,必先正言语;欲正言语,必宗中原之音,辨声之平仄,别字之阴阳。"这可见填词是一定要辨别阴阳的了。

　　所谓"阴阳",就是清浊,只有平声须辨,仄声却是不必辨的。就照王鵕《音韵辑要》将四声各分阴阳,变作八音,但也只要将平声的阴阳分清,其馀三声,也可迎刃而解的。譬如"东"、"同"二字,本来都是平声,但"东"字的音清而幽,是阴声;"同"字的音浊而沉,却是阳声。照此例推求,"东"字的上声是"董"字,去声是"冻"字,入声是"笃"字,我们就可以认定这三个字是上、去、入的阴声。"同"字的上声是"动"字,去声是"洞"字,入声是"独"字,就可以认这三字是上、去、入的阳声。总而言之,音清而幽的是阴声,音沉而浊的是阳声;一调之中,阴声字多便激越,阳声字多便沉顿,必须间杂互用,方能高下适宜。

　　现在再将阴阳声的字,略举几个在下面,以便初学者的参考：

"阴声字"：东董冻笃　居举锯菊　歌哿个谷
　　　　　鸠九救击　江讲绛觉　真轸震织
　　　　　家假价甲　侵寝浸戚
"阳声字"：同动洞独　鱼雨御玉　罗裸逻陆
　　　　　尤有宥亦　阳养漾药　人忍润入
　　　　　麻马骂袜　寻静净寂

学者照着上述方法，加意研求，那末分别音的阴阳，也就容易；辨明之后，填起词来，自然音节和谐了。

三、上去的辨识

学作诗只要将字的平仄，分得明白，就可以敷衍，上声、去声之间，固不必去仔细分辨；学填词却是不然，对于平声的阴阳，固然要分得清楚，就是对于上声、去声，也当辨得明白。初学的人，对于平、入二声，最易认识；上、去二声，似乎容易含混。其实上声是上声，去声是去声，绝对不能混为一谈的。分晰的方法，总不外用字音的轻重来分的，声音轻清而高的是上声，声音重浊而远的是去声。在词的里面，调高的宜用去声字，调低的宜用上声字。至于究竟为何要如此分析呢？这是因为词中往往指定某字某句必用某声的字，不准用其他的，有〔由〕此一来，对于上、去二声，岂容不细加辨别呢？现在特举一个例证如下。

《花犯》："粉墙阴〔低〕，梅花照眼，依然旧风味。露痕径〔轻〕缀，疑净洗铅华，无限佳丽；去年胜赏成孤倚，冰盘共燕喜；更可惜、雪中高士〔树〕，香篝熏素被。"

上举的半阕词，对于上、去二声，就有严格的规定：第一句的"粉"字，一定要用"上"声；第二句的"照眼"二字，一定要用"去上"；第三句的"旧"字，一定要用"去"声；第五句的"净洗"二字，一定要用"去上"；第六句的"丽"字，一定要用"去"声；第七句的"胜赏"二字，一定要用"去上"，"倚"字一定要用"上"声；第八句"燕喜"二字，一定要用"上去"；第九句"更可"二字，也是必用"去上"，"士〔树〕"字必用"上"声；第十句"素被"二字，一定要用"去上"，不可更变。

这不过是词中的一例，其馀如《钗头凤》等调，也都有相同的规定，不可越出，故学词的人，对于上、去两声的分别，要格外加意了。

四、韵脚的支配

词的押韵，虽不像近体诗那般严格，尽可通转相叶，似乎来得宽泛。但我们若将宋人的词细加研究，它所以能词令曼妙，也不仅在五音阴阳的斟酌尽善，就是韵脚的支配，也极停匀，大概非在必不得已的时候，总是押本韵而不用通韵的，这确是一件重要的事；即使要用通韵，也须选择调匀，若是胡乱押去，终觉不大相合。例如押平韵的词，就在平声各韵之中，任择一韵，一气押下，如《琴调相思引》："胆样瓶儿几点春，剪来犹带水云痕，且移孤冷，相伴最深樽；每为惜花无晓夜，教人甚处不销魂，为君惆怅，何处是黄昏？"押仄韵的，就在仄声各韵中任择一韵押到底，如《关河令》："秋阴时作渐向暝，变一庭凄冷；伫听寒声，云深无雁影。　更深人去寂静，但照壁孤灯相映，酒已都醒，如何消夜永？"以上二词的押韵是可取法的。

五、词韵的变换

诗韵除古诗、乐府之外，类多一韵到底，并不换韵的；词却不然，不论阕调的长短，用一平韵或一仄韵到底的，固然很多；但变化无当的，却也不少。或先押仄韵，后换平韵的，或先仄后平的，或一词之中，连换三个韵或四个韵的，其间或平仄互换，或以平换平、以仄换仄的，甚是复杂。现在且将各种不同换韵的词，写几首在下边，做个引证。

先押平韵，后换仄韵的，如《南乡子》："嫩草如烟平韵，石榴花发海南天叶平。日暮江亭春影渌〔绿〕换仄韵，鸳鸯浴叶仄，水远山长看不足叶仄。"

先押仄韵，后换平韵的，如《感恩多》："两条红粉泪仄韵，多少相思〔香闺〕意叶仄。强攀桃李枝换平韵，敛愁眉叶平。　陌上莺啼蝶舞句，柳花飞叶平，柳花飞叠句。愿得郎心句，忆家还早归叶平。"

三换韵的，如《柳含烟》："隋堤柳句，汴河旁韵。夹岸绿阴千里句，龙舟凤舸木兰香叶平，锦帆张叶平。　因梦江南风景好二换仄韵，一路流苏羽葆叶仄。笙歌未尽起横流三换平韵，锁春愁叶三平。"

四换韵的，如《昭君怨》："春到南楼雪尽仄韵，惊动灯期花信叶仄。小雨一番寒二换平韵，倚阑干叶二平。　莫把阑干频倚三换仄韵，一望几重烟水叶三仄，何处是京华四换平韵，暮云遮叶四平。"

以平换平的，如《临江仙》："冷江飘起桃花片句，青春意绪阑珊平韵。高楼簾幕卷轻寒叶，酒馀人散句，独自倚阑干叶平。　夕阳千里连芳草句，风光愁煞王孙二换平韵。徘徊飞尽碧天云叶二平，凤城何处句？明月照黄昏叶二平。"

以仄换仄的，如《钗头凤》："红酥手仄韵，黄藤酒叶，满城春色宫墙柳叶。东风恶二换仄韵，欢情薄二换仄，一怀愁绪句，几年离索叶二仄。错叶二仄、错叠、错叠。　春如旧叶首仄，人空瘦叶首仄，泪痕红浥鲛绡透叶首仄。桃花落叶二仄，闲池阁叶二仄，山盟虽在句，锦书难托叶二仄。莫叶二仄、莫叠、莫叠。"

以上所举各例，是最普通的换韵法，初学的人，不可不知。此外还有不少的换韵方法，真不能缕指，学者在有了心得之后，尽可慢慢的去研究；本书专指初步而言，故不备列。

六、调名的讲究

词无论长短，必定有一个调名。这调名的字面，也是风趣的据多数，在前人所以取这个调名，也一定是别有用意，不是胡乱题取的。这件事似乎与学习填词，没有多大关系，但也不可不知。

古人除了依乐制辞之外，还有自度曲一种，在先本没有这种曲调，由个人所独创，那末调名自然也由此人自定了。但取名之始，有三种不同的方式。

第一种是因词中所咏的事物而题名的，像《临江仙》是咏水仙，《女冠子》是描写道情，《巫山一段云》是写巫山神女的事，都可以归入这一类。

第二种是将词中的一句或提出数字来做调名，像吕嵒因结句"教人立尽梧桐影"，就将《梧桐影》做调名；白居易因起句是"花非花"三字，调名就变成《花非花》；

像唐庄宗因词中有"又入阳台梦"一句，那首词就名《阳台梦》。凡是相似的，都可以归入第二类。

第三种是将古人的名句，摘取几字来做调名的，像《蝶恋花》是出于梁武帝"翻阶蛱蝶恋花情"，《点绛唇》是出于江文通的"明珠点绛唇"，《踏莎行》是出于韩翊〔翃〕的"踏莎行草过青溪"。凡相似的，都可以归入第三类。

因上述的关系，故古人的词，每每不另用题目，就用调名来代表；后人依旧谱填词，词意与调名绝不相干，于是调名之外，不得不另标题目了。

七、令慢的考据

调名往往有用"令、引、近、慢、犯"等字的，这也有一种意义，并非混乱用的。"令"如《调笑令》、《如梦令》等一类调名；"引"如《阳关引》、《江城梅花引》等一类调名；"近"如《诉衷情近》、《祝英台近》等一类调名；"慢"如《声声慢》、《木兰花慢》等一类调名；"犯"如《凄凉犯》、《花犯》等一类调名。在调名之下，加上这一个字，却是另有用意的。词体在最前，本来只有短章，称为"小令"。后来的人，将小令稍稍增长，就称为"引"，这"引"字的意思，仿佛是说将小令"引而长之"。"近"字却是说声调相近，故引用它的。"慢"字与"曼"字相通，是"引长"的意思，言其由引再加长，便成为慢了。总而言之，令是小令，引是中调，慢是长调，这是分词的长短的。至于"犯"字，是在音律方面说的，本来乐曲里有以宫犯商、以商犯宫的调子，姜白石的《凄凉犯》等词，就是言其中音调有以宫犯商、以商犯宫的地方，却与词体的长短没有关系。

八、字句的衬豆

词句的所以能婉转清扬，上边我已说过，一半是在句法的特异，这一点却须看虚字用得如何，才可以判断出优劣。本来无论作文作诗，要使姿态生动，折转达意，非借虚字的衬豆，不能收效。词这一体，本以轻灵婉约为主的，对于虚字衬豆的方法，尤为切要；如长调的词，曼声大幅，若没有虚字的衬豆，且恐读不成文，哪里还能望它轻灵婉约呢？这虚字的衬豆，有用一字的，有用两字、三字的，现在举例于下，以便初学者的参考。

一字衬的虚字，不外乎"正、待、任、只、慢、便、况、又、更、莫、记、料、怕、倦、应、想、问"这一类字，但用此类虚字，若不得当，也是徒然。必须如下列各成句，用得方为佳妙，例如："刘郎鬓如此，况桃花颜色。""却旁金笼教鹦鹉，念粉郎言语。""馨香艳冶，吟看醉赏，叹谁能留住！""珠簾不禁春风度，解偷送馀香。""此情谁共？问几许淋浪春瓮。""待说与何妨！"

用二字衬豆的，不外"试问，无端，独有，正是，又还，绝似，何处"等这一类字句，例如："知音见说无双"，"一番小雨，陡觉添秋色"，"蜀被锦文铺水，不放彩鸳双戏，乐事也知存后会"，"取次芳华皆可意，何处无桃李"，"琵琶闲抱，爱品相思调"，"便愁云雨又难禁"，"百媚等应天乞丐"，"停歌欲语眉先蹙，何期归太速"，"已向冰奁约月，更来玉界乘风"。

用三字衬豆的，不外"都应是，又何妨，最难禁，更何堪，当此际，都付与，且消受"等一类的字句，例如："杏花明月尔应知"，"且莫恁匆匆去"，"独自个立多时"，"慢几度泪痕相照"，"正依约冰丝射眼"，"相思因甚到纤腰"，"杜郎俊赏，算如今重到须惊"，"又送个凄凉消息"，"唯有个蜂儿妙"。

以上所举的各句，虽仅千百之一，然而能够依此例推求，正可得到佳境，而知道这种衬豆的字眼，在词中所以重要的理由，及是否可以改用实字来代替。

九、句法的煅炼

煅炼字句的一件事，无论作文作诗作词，都是一般重要的，尤其是填词，对于字句，更须十分磨炼。因为词这体东西，第一是受声律拘束，第二还受音韵的限制，句子长的，不能减少，句子短的，不能增多。在这种种严格的束缚之下，对于句法，若不极意煅炼，决不能填出好词；因一阕词的里边，若有一句不工，一字不稳，便通篇受它的影响，顿为减色。词家所最忌的，就是庸腐生硬；欲使推陈出新，和谐音节，那末煅炼的工夫，是一定不可少的。

词的句法，以"婉约"为正宗，我上边已经论过，但如何可以使句法轻盈婉约呢？我敢说，除了利用虚字之外，别无方法。我们先将一个意思，作成一个短句，然后再加上一个虚字，便觉生动有致；若是一味用实字堆垛，必然弄到不通的地步。譬如王辉《春从天上来》的起三句："罗绮深宫，记紫袖双垂，当日昭容。"这是何等的妙曼啊！但它的妙处，却全在一个"记"字上。若不信时，将这个"记"字剔去，变成"罗绮深宫，紫袖双垂，当日昭容。"非但不觉到妙曼，并且竟是不通。又如史达祖《换巢鸾凤》起三句："人若梅娇，正愁横断坞，梦绕溪桥。"它的妙处，也全在一个"正"字上，如去了此字，一、二两句，便觉不接气。故学填词的人，先将实字句子，煅炼得无可更易，然后再用虚字去调遣他，自能得到妙境；若完全用实字堆垛，永远也学不好的。

十、填词的布局

学填词的人，在一题到手的时候，决不可轻易落笔，首须认明题义，然后打定意思，布置全局，首尾如何起结，中间如何开合，胸中有了成竹之后，再着笔做去，自然前后呼应，上下匀停，没有顾此失彼、前后偏颇的弊病了。词本有小令、中调、长调的分当；填小令要言短意［长？］，忌尖刻疲弱；填中调要骨肉停匀，忌平庸板滞；填长调要操纵自如，忌粗莽率直；这几句话，确是填词的不二法门。欲作一词，一定要先看字数的多少，定下局势；再看音节的高下，定用字虚实，然后着笔，自能得到圆满的结果。

填词题目，以言情写景为主体，纪事咏物为辅，但词题与曲调，中间也有很深的关系，一定要相辅而行，才能得到佳作。如《浣溪沙》、《蝶恋花》、《临江仙》等，音调清婉，最宜于写情；《齐天乐》等音调高寯，最宜写景；《祝英台近》等顿挫得神，最宜纪事；《金菊对芙蓉》等调，有迴鸾舞凤之妙，最宜于纪事咏物。

以上所举，不过粗枝大叶，学者务须将各调的音节烂熟胸中，始会有临时选别的能力。又词调多至千馀，何题宜用何调，也断难一一记清。这全在学者熟能生巧，留心摹拟了。

学填词的人，对于以上所举各节，能心领神会之后，填起词来，纵然不能十二分高明，但最低限度，也可以免除粗犷散漫、不合音节的弊病；再由此而研究，平时多读多作，也不难成为名家。因为本书实是学词的一个基础，基础既立，再求进步，那自然比较的容易了。

各体词的填法

我们说各体词的填法,这个"体"字,并非是指调名说的,却是指各种不同的体致而说的。所谓"体致",就是句法、用韵等事来分的,如叠字、叠句、叠韵、对句等等,都足以使词的格调变换,成为一种体致。这件事与初学的人有极大的关系。因为有许多词调中对于叠韵、重韵、叠句等事,是偶然巧合的;有许多词调,对于此等去处,却是一定要如此的。究竟是偶然或是规定,初学的人,固然无从辨别,非得加以说明不可。这一件事,在下章"填词百法"中细论;现在我所要讲的,就是填写这各体的要诀,现在且举例分述如下。

一、叠字词的填法

词句之中,往往很多用叠字的,如《忆秦娥》调中的"秦娥梦断秦楼月,秦楼月",及后阕"咸阳古道音尘绝,音尘绝",就将前句的末三字来叠一下的。也有连用许多叠字的句子,如李清照《声声慢》中"寻寻觅觅,冷冷清清,凄凄惨惨戚戚",总共三句,完全用六〔七〕个叠字成,这也是创格。但《忆秦娥》中的叠字,是规定的,

《声声慢》却不一定要用叠字，李清照不过是偶然巧合罢了。填这种叠字句，极不容易，须要黏练到家，方可着笔，在填上一句的时候，就要替下句留着馀地，否则不是犯语气不属，就是犯生硬不谐的毛病，失了自然的妙趣，实是词中的大忌。

二、叠句词的填法

叠句词便是一句连用两次，像秦观《如梦令》中"依旧，依旧，人与绿杨具瘦"，连用两个"依旧"；又如牛峤《感恩多》"陌上莺啼蝶舞，柳花飞，柳花飞"，连用两个"柳花飞"；又如毛文锡《醉花间》起句"深相忆，莫相忆，相忆情难极"，连用三个"相忆"，不过一、二两句的首字变换，第三句下面加了三字，这种叠句却是另成一格。这种都是正叠的一体。另有倒叠的一体，如冯延巳《调笑令》"不道帏屏夜长，长夜，长夜"，这是将前一句末尾两字，倒过来连用两个"长夜"。以上正叠、倒叠的两种句法，填起来正叠比较容易，因为语气是一般的；倒叠却将前句末二字倒过来，语气还须相贯，可就难了。若不在填前一句，即留馀地，或竟弄得倒不过来呢。

三、叠韵词的填法

叠韵词的格式最多，或单是韵字叠的，或连句法也叠的，或叠了一句就换韵的，或连叠数韵的，种种不一。如白乐天的《长相思》"汴水流，泗水流"，"恨悠悠，思悠悠"，又如李清照《一剪梅》"才上眉梢，却下眉梢"。三韵连叠的，如陆游《钗头凤》"一怀愁绪，几年离索，错，错，错"，"山盟虽在，锦书难托，莫，莫，莫"；赵德仁《醉春风》"风流何处不归来，闷，闷，闷"，"枕边珠泪几时干？恨，恨，恨"，都是三个单字句连叠的。还有一词之中，前后四叠其韵的，如蜀王衍《醉妆词》："者边走，那边走，只是寻花柳。那边走，者边走，莫厌金杯酒。"这一阕词，统共六句二十二字，却是四押"走"字，并且一、二、四、五四句，句法也相同，不过颠倒了一下罢了。还有通首只押一个韵到底的，如黄庭坚《阮郎归》一词，全用"山"字为韵；辛弃疾的《柳梢青》一词，全用"难"字为韵，这一体名为"独木桥体"。

如《长相思》所用叠韵，还不甚难，只要善于设想而已。《钗头凤》、《醉春风》词中的单字三叠韵，却最不易做，而通首精神，又全在这种地方，尤其不容忽略。所用的单字，固然要含有深意，并且有许多字眼，决不能连叠的，一定要避去；且所叠的字，与上面的数句，也要特为关切。故学填此等字，最须注意。像《醉妆词》的四叠韵，在词调中极为少见，自然尤为难填。但学填词的人，也不必一定要填这种曲调的。至于黄庭坚的《阮郎归》、辛弃疾的《柳梢青》，只押一字，也不过是一种游戏之法，并非词律中一定的格式，大不必去学他。

四、对句词的填法

词以长短句为主，然而有时也有整齐的句子，并且也有一定要琢对的地方，像律诗的项、腹二联一样。在无数参差的句法中，忽然加上两句整齐的对句，自是别饶风趣。但对句无论在诗里面，在词里面，除了工整之外，还要出于自然，若是勉强凑合，便如牵萝补屋，绝无生趣了。

词的对句有三言、四言、五言、七言，以及豆句，还有除去衬字，与下句相对的，也很繁多。如寇准的《江南春》起句"波渺渺，柳依依"，如温庭筠《更漏子》起句"玉阑干，金兽井"等句，都是三字相对的。如赵长卿《潇湘夜雨》"斜点银缸，高擎莲炬"；史达祖《步月》"剪柳章台，问梅东阁"；姜夔《扬州慢》"淮左名都，竹西佳处"；史达祖《换巢鸾凤》"暗握荑〔荑〕苗，乍尝樱颗"，这都是四字的对句。如寇准《江南春》"孤村芳草远，斜日杏花飞"；李珣《巫山一段云》"古庙依青嶂，行宫枕碧流"，"云雨朝还暮，烟花春复秋"；黄庭坚《喝火令》"见晚情如旧，交疏分已深"，这都是五言的对句。如史达祖《西江月》"裙摺绿罗芳草，冠梁白玉芙蓉"；"已向冰奁约月，更来玉界乘风"，这都是六言的对句。如张曙《浣溪沙》"天上人间何处去，旧欢新梦觉来时"；向子諲《桂殿秋》"蟠桃已结瑶池露，桂子初开玉殿风"，这是七言的对句。如周邦彦《意难忘》"爱停歌驻拍，欢酒持觞"；姜夔《扬州慢》"纵荳蔻词工，青楼梦好"，这都〔是〕衬字的对句。如史达祖《步月》"泥私语香樱乍破，怕夜寒罗袜先知"；柳永《柳腰轻》"顾香砌丝管初调，倚轻风珮环微颤"，这都是七言豆句相对的。

属对这件事，务要出之自然，你看以上所举各对，岂非都是随口而出的，初学的人，大可取为师法。

五、言情词的填法

词这件东西，本来最适宜于言情，故古人的词中，也是以言情的居多。但这一类的词，须要婉转曲折，方为有趣；若是过于率直，不是犯肤浅之弊，便是犯粗莽之病，一定不会成佳作。故欲作言情词的人，对于此等地方，务宜特别注意。

如辛弃疾的《摸鱼儿》："更能消几番风雨，匆匆春又归去；惜花〔春〕长怕花开早，〔更〕何况落红无数！春且住！见说道天涯芳草无归路。怨春春不语，算只有殷勤，画檐蛛网，尽日惹飞絮。　长门事，准拟佳期又误，娥眉曾有人妒；千金纵买相如赋，脉脉此情谁诉？君莫舞，君不见玉环飞燕皆尘土！闲愁最苦！休去倚危阑，斜阳正在，烟柳断肠处。"这一词怨而不怒，深得《国风》的遗意。

又周邦彦《意难忘》"衣染莺黄。爱停歌驻拍，劝酒持觞。低鬟蝉影动，私语口脂香。莲露滴，竹风凉。拌〔拚〕剧饮淋浪。夜渐深，笼灯就月，仔细端相。　知音见说无双。解移宫换羽，未怕周郎。长颦知有恨，贪要不成妆。些个事，恼人肠。待说与何妨。又恐伊，寻消问息，瘦减容光。"这一首词，又是何等风流绮丽，婉转清扬，异样柔情，跃然纸上，可为初学的人，填写情词的规律。

六、写景词的填法

写景的词，似乎比了言情的词，来得容易，但实际上也不尽然，因为也要看写的人善写不善写而定。譬如一种极平常的景物，遇到善于描写的人手里，烘托绚梁〔烂〕，竟能形容成绝妙的境界，这就是前人所说的写生妙手了。反过来说：一种极佳妙的景物，若是写的人不得其法，也一般的板滞无味。我故说填这一类词，不在景物的优劣，却在于填词的善于运用与否？

如张炎的《壶中天》："扬舲万里，笑当年底事〔，中〕分南北；须信平生无梦到，却向而今游历；老柳官河，斜阳古道，风定波犹直；野人惊问，泛槎何处狂客？

迎面绿叶萧萧，水流沙共远，都无行迹；衰草凄迷秋更绿，惟有闲鸥独立；浪挟天浮，山邀云去，银浦横空碧；扣舷歌断，海蟾飞上孤白。"这一阕词，写山水的佳妙，可谓无出其右。

又如张炎《扫花游》："烟霞万壑，记曲径寻幽〔幽寻〕，霁痕初晓；绿窗窈窕，看垂花砑石，就泉通沼；几日不来，一片苍云未扫，自长啸，怅乔木荒凉，都是残照。　碧天秋浩渺，听虚籁泠泠，飞下孤峭；山空翠老，步仙风，怕有采芝人到；野色闲门，芳草不除更好，境深悄，比斜川又清多少？"这一阕是写园林幽趣的，令人读了，瞑目凝思，竟有身入其境之妙。

又如周美成的《解语花》："风消焰蜡，露浥烘炉〔红莲〕，花市灯〔光〕相射；桂华流月〔瓦〕纤云散，耿耿素娥欲下，衣裳淡雅，看楚女纤腰一把，箫鼓喧阗，人影参差，满路飘香麝。　因念帝〔都〕城放夜，望千门如昼，嬉笑游冶。钿车罗帕相逢处，自有暗尘随马；年光是也，惟只见旧情衰谢！清漏移飞盖归来，从舞休歌罢。"这一阕是因游宴而即景描写的，也是十分刻画，足为初学的标准。

七、纪事词的填法

词本来拿言情、写景做主体的；有时也可用词纪事。但这种纪事的词，却与纪事的诗有些不同，以寄言为要。怎么叫做寄言呢？就是寄深于浅，寄厚于轻，寄劲于婉，寄直于曲，寄实于虚，寄正于馀。学词的人，能够知道这几个要诀，那末填起纪事的词来，自无虑不佳了！

如蒋鹿潭《渡江云》："春风燕市酒，旗亭赌醉，花压帽沿香；暗尘随马去，笑掷丝鞭，撅笛傍宫墙；流莺别后，问可曾添种垂杨？但听得哀蝉曲破，树树总斜阳。

堪伤秋生淮海，霜冷关河，纵青衫无恙，换了二分明月，一角沧桑；雁书夜寄相思泪，更莫谈天宝凄凉！残梦醒，长安落叶啼螀。"这一阕词，意在言外，何等委婉苍凉！

又如方某《黄鹤引》："先逢垂拱，不识干戈兔田陇，士林书圃终年，庸非天宠？才初阒茸，老夫〔去〕支离何用！浩然归算〔弄〕，是〔似〕黄鹤秋风相送。　尘世塞翁心，浮世庄生梦；漾舟摇〔遥〕指烟波，群山森动；神闲意耸，回首利羁名鞚，此情谁共？问几许淋浪春瓮？"这阕词将飘然归隐的事情，轻轻写出，恰到好处。

又如姜夔《扬州慢》："淮左名都，竹西佳处，解鞍稍〔少〕驻初程；过春风十里，尽荠麦青青；自胡马窥江去后，废池乔木，犹厌言兵；渐黄昏清角，吹寒都入空城。杜郎俊赏，算如今重到须惊！纵豆蔻词工，青楼梦好，难赋深情！二十四桥仍在，波心荡，冷月无声；念桥边红药，年年知为谁生？"这一阕词，因事寄情，尤觉哀艳动人。

八、咏物词的填法

古人填词，言情、写景的居多，纪事咏〔物〕的却是很少；但也并非绝对的没有，不过不多见罢了。这因为词受了格调音律的束缚，若将它来咏一事一物，可就不大容易，与做咏物诗，真有天渊之别。从前人，无论作诗、词，大半取适志的，因了这个缘故，咏物的词，就不像咏物诗那般多了。但偶然兴到，资料适合，也未尝没有用词来咏物的。后人模仿的也很多；但咏物一件事，却是极难，非烘染得法，终觉板滞无味，如江北泥人，使人见了，反觉可憎！若要作得轻灵婉妙，一定要有绝好的天分，与煅炼的功夫。

如姜夔（别本作辛弃疾）《瑞鹤仙》："雁霜寒透幙，正护月云轻，嫩冰犹薄；溪奁照梳掠，想含香弄粉，靓妆难学；玉肌瘦弱，更重重龙绡衬着；倚东风一笑嫣然，转盼万花羞落。　　寂寞！家山何在，雪后园林，水边楼阁；瑶池旧约，鳞鸿更仗谁托？粉蝶儿只解，寻花觅柳，开遍南枝未觉；但伤心冷淡黄昏，数声画角。"这一阕词是咏梅花的，通篇并不言梅花，而梅花自见，烘染得法，别绕清趣，真足为寒梅写照了。

又如张炎的《解连环》："楚江空晚，怅离群万里，恍然惊散！自顾影欲下寒塘，正沙净草枯，水平天远；写不成书，只寄得相思一点，叹因循误了，残毡拥雪，故人心眼。　　谁怜旅愁荏苒，慢长门夜悄，锦筝弹怨；想伴侣犹宿芦花，也曾念春前，去程应转；暮雨相呼，怕蓦地玉关重见；未羞他双燕归来，画帘半卷。"这一阕词，是咏雁，与姜夔咏梅一词，有异曲同工之妙。

填词百诀

填词的种种要诀，以上各节已经详述过了；但是曲调方面，也当有一个标准，使初学的人，有所遵从。但词牌极多，总计不下一千种，其中还有一调数体的，一体数名的，繁复异常，若要完全去研究它，却非短时间能够明白。现在即于此繁复的词牌中，选取一百调，都用正体正名，中间小令、中调、长调都有，初学的人，既易于辨誌，又便于入手。将这一百调熟读谨记之后，下笔填词，自然能收事半功倍之效；以后再去研究所谓"别调"、"别体"，也来得容易，这也是由渐而入的方法。每调除选取代表作品一阕，旁边用记号标明平仄之外，另附简说，将该词来历及填法说明，学者可以按图索骥，省却不少翻检功夫。现将各词分录于后。

梧桐影二十字单调　　吕岩

落日斜句　　秋风冷韵　　今夜故人来不来句
▲　○　　　○▲　　　　○▲▲　○▲　○

教人立尽梧桐影叶
▲　○▲　○▲

这一首本是短诗，后人因字句长短不齐，就引用入词，拿结尾三个字，做了牌名。此词共两韵，第二句起韵，末句叶韵。平仄方面，首句第二字，本当用仄，亦可用平；二句第二字，与三句第五字，本当用平，亦可用仄；除此以外，不能任意更动。

南歌子 二十三字单调　温庭筠

手里金鹦鹉句　胸前绣凤凰韵　偷眼暗形相叶
▲▲　　　　　　●▲▲　　　　○▲▲
不如从嫁与句　作鸳鸯叶
●○○▲　　　　▲○○

这一阕另体为二十六字，第三句七字，第四句六字，后人又加一叠成双调，就是《白香词谱》所收的。此词起首两句，务须对偶；第二句起韵，第三、第五句叶韵；至于平仄，除了第二句、第四句首字可以平仄通用外，馀皆不能变更。

一点春 二十四字单调　侯夫人

砌雪消无日句　卷帘时自颦韵　庭梅对我有怜
●○○▲　　　　▲●●○　　　　●○▲▲○
意句　先露枝头一点春叶
▲　　○▲○○○▲

这一首本是隋宫《看梅曲》，也是将结尾三字做牌名的。第二句起韵，末句叶；平仄方面，首句可用平平平仄仄，次句也可用平仄仄平平，三句首字、第五字，也平仄通用，但非不得已时，还是依谱为妙。

花非花 二十六字单调　白居易

花非花句　雾非雾韵　夜半来句　天明去叶
○○○　　▲○▲　　○▲○　　○○▲

来如春梦不多时句　去似朝云无觅处叶
○○○▲▲○○　　▲▲○○○▲▲

这一首本是《长庆集》中的短歌，后人因它字句不齐，引为小令，就拿首句做了牌名。上半四句，竟似三言诗；下半二句，要取对偶。共六句三韵，第二句起韵，四、六两句叶。平仄只有第五句一、三两字，末句首字，可以平仄兼用。后人有将首句改为仄仄平，次句改为平平仄，那是错误的。

望江南 二十七字单调　皇甫松

兰烬落句　屏上暗红蕉韵　闲梦江南梅熟日句
○▲▲　　○▲▲○○　　○▲○○○▲▲

夜船吹笛雨潇潇叶　人语驿边桥叶
▲○○▲▲○○　　○▲▲○○

这一阕是单调，宋代曾有人加一叠成为双调，但普通总是填单调的。共五句三韵，第二句起韵，四、五两句叶。平仄，首句第二字，次句首字，三句首字，四句一、三两字，末句首字，可以平仄兼用外，其馀俱须依谱。

桂殿秋 二十七字单调　向子諲

秋色里句　月明中韵　红旌翠节下蓬宫叶　蟠
○▲▲　　▲○○　　○○▲▲▲○○

桃已结瑶池露句　桂子初开玉殿风叶
○▲▲○○▲　　▲▲○○▲▲○

这一阕共五句三韵，第二句起韵，三、五两句叶。除第三句单独外，馀四句恰成两联，一、二成一联，四、五成一联，务须对偶。但李白所填此调，第三句却用仄仄平平仄仄平，故现在也是并用。第四句一、三两字，末句首字，可以平仄通用。

甘州曲 二十八字单调　蜀主王衍

　　　　画罗裙韵　能解束句　称腰身叶　柳眉桃脸不
　　　　▲　　　　○　　　　▲　　　　　▲
胜春叶　薄媚足精神叶　可惜沦落在风尘叶
○○　　▲▲　　　　　　▲　▲▲○

此阕共六句，除第二句外，其馀都叶韵。上半三句，都是三字，第四句七字，第五句五字，末句七字。是王衍在青城时候，与宫人唱和所做的。词牌中用"甘州"二字的很多，如《甘州子》、《甘州遍》、《甘州令》等，填词的人，须认识清楚。

江南春 三十字单调　寇准

　　　　波渺渺句　柳依依韵　孤村芳草远句　斜日杏
　　　　○▲▲　　▲○○　　●○○▲▲　　●▲▲
花飞叶　江南春尽离肠断句　蘋满汀洲人未归叶
○○　　○○▲▲○○▲　　○▲○○○▲

此阕共六句，先三字二句成一联，次五字两句成一联，末七字两句并不对偶；共三韵，次句起韵，四、六两句叶；平仄除第三句首字，末句首字，可以通用外，其馀均不能变更。后人有将李白"秋风清，秋月明，落叶聚还散，寒鸦栖复惊！相思相见知何日？此时此夜难为情"一诗，指为《江南春》的别体，实是大误，学者须要辨明。

一叶落 三十一字单调　后唐庄宗

一叶落韵　塞箔珠叶　此时景物正萧索叶　画
▲　▲　▲　　○　▲　　▲　▲　▲　○　▲　　　▲

楼月影寒句　西风吹罗幕叶　吹罗幕叶　往事思量
▲　○　▲　　　○　○　▲　○　▲　　○　▲　○　▲　　▲　▲　○

着叶
▲

此阕共七句六韵，只有第四句不叶，用首句三字做牌名。此阕因同时并无别人填过，故平仄不能任意变换。第六句三字，即用第五句尾三字一叠，是本调中的特点；这种句法，最不易做，须落笔轻松，方有神韵。

调笑令 三十二字单调　冯延巳

明月韵　明月叶　照得离人愁绝叶　更深影入
○　▲　　　○　▲　　　▲　▲　○　○　▲　▲　　　　▲　○　▲　▲

空床换平韵　不道帏屏夜长叶平　长夜换仄韵　长
○　○　　　●　▲　○　○　▲　○　　　○　▲　　　　○

叶仄　梦到庭花阴下叶仄
▲　　　▲　▲　○　○　▲　▲

此阕共是八句，起三句是一韵，一、二并且是叠句，平仄惟第三句二、三、五三字可以通用。第四句改换平韵，第五句叶平，四句一、三两字，五句一、三两字，平仄都可兼用。末三句再换仄韵，却与首三句的韵，并不相叶；六、七两句，也是一叠。此词另有三十八字一体，句法完全不同，普通都填本调。

如梦令 三十三字单调　秦观

　　　遥夜月明如水韵　风紧驿亭深闭叶　梦破鼠窥
　　　◉▲▲○○▲　　◉▲▲○○▲　　◉▲▲
窗句　霜送晓寒侵被叶　无寐叶　无寐叶　门外马
○　　○○▲○○▲　　○○▲　　○○▲　　○○▲
嘶人起叶
○○▲

此阕共七句，除第三句以外，其馀都叶韵；起首两句，例须对偶；五六两句，也必用叠句，与《调笑令》仿佛，但不是倒叠罢了。平仄除有数句首字可以并用之外，其馀均不能变更。有人将一、二、四各句第三字改用平声，便觉勉强。学填词的人，对于此等处，须格外留意，切不可含混。

天仙子 三十四字单调　皇甫松

　　　踯躅花开红照水韵　鹧鸪飞绕青山觜叶　行人
　　　◉▲▲○○▲　　◉○○▲○○▲　　○○
经岁始归来句　千万里叶　错相倚叶　懊恼天仙应
◉▲▲○○　　○○▲　　▲○▲　　▲▲○○○
有以叶
▲▲

此阕共六句，除第三句以外，馀皆叶韵。中间只有

四、五两句各三字，其余都是七字句。首、次两句首字，三、六两句的一、三两字，可以平仄并用，馀字均须依谱，不得任意变更。另有一体是押平韵的，也可以加一叠成为双调。

望江怨 三十五字单调　牛峤

东风急韵　惜花别时手频执叶　罗帏愁独入叶
　○○●▲　　●○●○●○▲　　○○○●▲

马嘶残雨春芜湿叶　倚门立叶　寄语薄情郎句
●○○●○○▲　　●○▲　　●●●○○

粉香和泪滴叶
▲○○●▲

此阕共七句六韵，只有第六句不叶，从前做的人极少，当将此首做标准。后人将第二句改作仄仄平平平仄仄，第三句改作仄仄平平仄，第五句改作平仄仄，实系错误。学者应当从本体，不必矜奇炫异，反被识者所笑。

相见欢 三十六字双调　南唐后主

无言独上西楼韵　月如钩叶　寂寞梧桐深院锁
●○●●○○　　●○○　　●●○○○●●

新秋叶　剪不断仄韵　理还乱叶仄　是离愁叶平
○○　　●●▲　　●○▲　　●○○

别是一般滋味在心头叶平
●●●○○●●○○

此调是双调中最短的一阕，上半三句，都用平韵，下半一、二两句换仄韵，三、四两句叶上阕的平韵。《词律》

将第三句和末句九字句，分为前六字、后三字两句，便觉将词意截断，牵强得很。某君注此词，认此句在桐字、般字处各一豆，并不分开，甚有见地，学者正可不必被词律所拘。

何满子 三十六字单调　和凝

写得鱼笺无限句　其如花锁春晖韵　目断巫山
云雨句　空教残梦依依叶　却爱熏香小鸭句　羡他
长在屏帏叶

此阕共六句三韵，每句六字，与六言诗相似。据说沧州歌者临刑，进此曲赎罪，终不免一死，后人传其曲，就称《何满子》。白香山诗"世传满子是人名"，后人作《河满子》，恐系错误？词中每句一、三两字，都可平仄并用。此等整齐的六言句，极不易做，最容易犯词分气断的弊病。

长相思 三十六字双调　白居易

汴水流韵　泗水流叶　流到瓜洲古渡头叶　吴
山点点愁叶　思悠悠叶　恨悠悠叶　恨到归时方
始休叶　月明人倚楼叶

这也是双调中最短的词，前后是同段的，非但句法一样，就是平仄也完全无异。上下阕的起二句，都是叠韵，切不可擅自更改，须要注意。此阕另有一百字、一百三字各体，那就大大不同了，学者也须记着。

醉太平 三十八字双调　戴复古

　　　　长亭短亭韵　春风酒醒叶　无端惹起离情叶

有黄鹂数声叶　芙蓉秀裪叶　江山画屏叶　梦中

昨夜分明叶　悔先行一程叶

此调也是前后同段的，通首拿四字句做主体，上下阕的末句，虽系五字，但与寻常的五言句法不同，实为上一字、下四字的领句，读时在"有"字、"悔"字处须一顿挫，方为有神。填此谱时，也当注意这一点，切不可写成普通五言句。

感恩多 三十九字双调　牛峤

　　　　两条红粉泪韵　多少香闺意叶　强攀桃李枝

换平韵　敛愁眉叶平　陌上莺啼蝶舞句　柳花飞

叶平　柳花飞叠句　愿得郎心句　忆家还早归叶平

此调句法上下阕各异。上阕起两句用仄韵，三、四两句，即改换平韵；下阕却只押平韵，并不换韵，"柳花飞"

叠一句，也与上阕不同。计前半四句十八字，后半五句二十一字，此为前后异段的调子。

长命女三十九字　和凝

　　　　天欲晓韵　宫漏穿花声缭绕叶　窗里星光少叶
　　　　　○▲　　　　　　　　　　▲　　　　　　▲
　　　　冷雾寒侵帐额句　残月光沉树杪叶　梦断锦帏
　　　　▲　　　　　　　　　　　▲　　　　　　　▲
空悄悄叶　强起愁眉小叶
　○▲　　　　　　▲

这一调有人主张不分段，万氏《词律》却分，但"宫漏"、"梦断"两句词意，上下关合，似乎以分段为宜。句法也是前后阕各异的，不过韵却始终用仄韵，并不变换。后人有将第一句改作仄平仄，实是大误，"冷雾"句《词律》作"冷霞"，恐系传写的错误，现在用《草堂诗馀》的说数用"雾"字。

昭君怨四十字　万俟雅言

　　　　春到南楼雪尽韵　惊动灯期花信叶　小雨一番
　　　　　　　　　　　▲　　　　　　▲
寒换平韵　倚阑干叶平　莫把阑干频倚三换仄韵　一
　　○　　　　　▲○　　　　　　　　▲
望几重烟水叶三仄　何处是京华四换平韵　暮云遮
　▲　　　　　　　　▲　　　　　　　　▲
叶四平

这一阕词，并不分段，共八句，连换四韵，句句押韵，是词中的别格，或说是出于汤玉茗《牡丹亭》传奇，为衬字之曲。又有《填字昭君怨》一体，在第三句上加两字；后人因本词八句分成两排，前后句法相同，故分为上下阕，《白香词谱》所载，就是分段的。

酒泉子四十字　毛熙震

　　　闲卧绣帏韵　慵想万般情宠换仄韵　锦檀偏句
　　　　◎　▲　　　　　　　▲　　　　　　
　　　翘股重叶仄　翠云敧叶平　　莫天屏上春山碧
　　　○　▲　　　　▲　　　　　▲　　　▲
　　　三换仄韵　映香烟雾割叶三仄　蕙兰心句　魂梦役
　　　　　　　　　　　　▲　　　　　　　　　▲
　　　叶三仄　敛蛾眉叶平
　　　▲　　　　○○

这一阕前后并不同段，前阕五句分平仄两韵，第三句无韵，馀一、五两句叶平韵，二、四两句叶仄韵。后阕第一句便三换仄韵，二、四两句叶三仄，末句仍叶前阕所押的平韵。这首词的叶韵法，也甚奇特，学者务须细加体察。

玉蝴蝶四十一字　温庭筠

　　　秋风凄切伤离韵　行客未归时叶　塞外草先衰
　　　○○　　　　▲　　　○　▲　　　▲▲　○
　　叶　江南燕到迟叶　　芙蓉雕嫩脸句　杨柳堕新眉
　　　　　　　▲　　　　　　　▲　　　　　　　
　　叶　摇落使人悲叶　　断肠谁得知叶
　　　　　　▲○　　　　　　　▲○

此词前后也不同段，除了起句是六言以外，其馀都是五言,并且前后一韵,只有后阕首句不用韵。上阕末二句,与后阕起二句,须用对偶。此词又有四十二字、九十八字诸体,却非正格。

女冠子四十一字　牛峤

含娇含笑韵　宿翠残红窈窕叶　鬓如蝉换平
●○○●　　●●○○●●●　●○○

寒玉簪秋水句　轻纱卷碧烟叶平　雪肌鸾镜里句
○●○○●　　○○●●○　　●○○●●

琪树凤楼前叶平　寄语青娥伴句　早求仙叶平
○●●○○　　●●○○●　　●○○

此词前阕用平仄两韵,起两句全用仄韵,第三句换平韵,第五句叶平,四、五两句对作一联;后阕全叶平韵,一、二两句作对。此词或传系温庭筠所作,别体极多,但初学的人,终以本体正格为宜,不必矜奇。

醉花间四十一字　毛文锡

深相忆韵　莫相忆叶　相忆情难极叶　银汉是
○○●　　●○●　　○●○○●　　○●●

红墙句　一带遥相隔叶　　金盘珠露滴叶　两岸榆
○○　　●●○○●　　　○○○●●　　●●○

花白叶　风摇玉佩清句　今夕为何夕叶
○●　　○○●●○　　○●○○●

此词前后也不同段,通首全押仄韵。前阕起二句,须用叠句法,故韵也是叠的,第四句不须叶韵;后阕四句,全系五言,与五绝相仿。后人有将后阕首句,改为平平仄平仄,实是大谬,切勿盲从。

点绛唇 四十一字　赵长卿

雪霁山横句　翠涛拥起千重恨韵　砌成愁闷叶

那更梅花褪叶　凤管云笙句　无不萦方寸叶

丁宁问叶　泪痕休揾叶　界破香腮粉叶

此词首句四字,两仄两平。第一字虽可作平声,但终究用仄声为妙;第二句首字,须用去声字。后阕第三句为三字句,须上二下一,句法用平平仄,即是定格。又有一体,在第二句上添一字稍豆,如"对庭前花树添憔悴"句,是曲中的衬豆法,不合于词。

浣溪沙 四十二字　张曙

枕障熏炉冷绣帏韵　二年终日苦相思叶　杏花

明月尔应知叶　天上人间何处去句　旧欢新梦觉

来时叶　黄昏微雨画帘垂叶

词调上下阕各三句,每句都系七字,上半阕三句三韵,下半第一句不用韵。后人有将上阕末句,下阕二、三两句,改作仄仄平平仄仄平,下阕首句改作平平仄仄平平仄,实系错误。更有将上下阕末句破七字为十字的一体,就名叫《摊破浣溪沙》；此外还有《浣溪沙慢》，长九十三字，学者应当辨明。

雪花飞四十二字　黄庭坚

　　　　携手青云路稳句　天声迤逦传呼叶　袍笏恩章
　　　　○▲○○▲▲　　○○▲▲○○　　○▲○○
乍赐句　春满皇都叶　何处难忘酒句　琼花照玉壶
▲▲　　○▲○○　　○▲○○▲▲　　○○▲▲○
叶　归袅丝梢竞醉句　雪舞街衢叶
　　○▲○○▲▲　　▲▲○○

此词上下阕并无大异，不过前阕上三句都是六言，结句四言；后阕起二句各少一字为五言句，第三句六言，末句也是四言。通首只用一平韵到底，并不换韵。因只此一体，平仄切不可任意更换。

伤春怨四十三字　王安石

　　　　雨打江南树韵　一夜花开无数叶　绿叶渐成阴
　　　　▲▲○○▲○　　▲▲○○○▲▲　　▲▲▲○○
句　下有游人归路叶　与君相逢处叶　不道春将
　　▲▲○○▲▲　　▲○○○▲　　▲▲○○
暮叶　把酒祝东风句　且莫恁豆　匆匆去叶
▲　　▲▲▲○○　　▲▲▲　　○○▲

此调是王荆公创作，前阕四句是分两排，惟首句仄仄平平仄，第三句仄仄仄平平，且不用韵，稍微有异罢了。后阕前三句都系五言，结句虽然也是六言，但与前阕结句句法不同，须在第三字上一豆，不可直下。

霜天晓角 四十三字　辛弃疾

吴头楚尾韵　一棹人千里叶　休说旧愁新恨句
○○●●　　●●○○●　　●●●○○●

长亭树豆　今如此叶　　宦途吾倦矣叶　玉人留
○○●　　○○●　　　●○○●●　　●○○

我醉叶　明日落花寒食句　得且住豆　为佳耳叶
●●　　○●●○○●　　●●●　　●○●

此词前阕起句四字，次句五字，三、四各六字，但末句"树"字须豆，不可直下；后阕只首句比前阕首句多一字，其馀各句字数相同，结尾也用豆句。此调又名《月当窗》，《图谱》作《月当厅》，实是差的，因为《月当厅》另有正调，不能与此相混。

后庭花 四十四字　毛文锡

轻盈舞妓（伎）含芳艳韵　竞妆新脸叶　步摇
○○●●○○●　　　●●○●　　●○

珠翠修蛾敛叶　腻鬟云染叶　歌声谩发开檀点叶
○●○○●　　●○○●　　○○●●○○●

绣衫斜掩叶　时将素手匀红脸叶　笑拈金靥叶
●○○●　　○○●●○○●　　●○○●

此调句法，前后相同，并且每两句成一排，一韵到底，并不更换。前阕第二句用"脸"字韵，后阕第三句也用"脸"字韵，这是偶然的，并非一定要用重叠韵，不必拘泥。此词后人改称《瑞庭花》，毫无意味。

巫山一段云四十四字　李珣

　　　古庙依青嶂句　行宫枕碧流叶　水声山色锁妆
楼叶　往事思悠悠叶　云雨朝还暮句　烟花春复
秋叶　啼猿何必近孤舟叶　行客自多愁叶

这一阕词是前后同段的，除了第三句是七言外，其馀都是五言句，不过前后阕的起首两句，务须对仗工整，不可草率。另有《巫山一片云》一阕，就是《菩萨蛮》的别名，与此词完全不同，一字之差，学者切宜辨明。

菩萨蛮四十四字　李白

　　　平林漠漠烟如织韵　寒山一带伤心碧叶　暝色
入高楼换平韵　有人楼上愁叶平　玉阶空伫立
三换仄韵　宿鸟归飞急叶三仄　何处是归程四换平韵
长亭连短亭叶四平

此调是青莲生平绝唱，称为"词祖"，词中虽有平仄兼用之处，但从原词为妙。前后段各四句，前阕起七言两句用仄韵，后五言两句换平韵；后阕都是五言，前两句三换仄韵，末二句四换平韵。另有一百八字一体，名为《菩萨蛮慢》，实是《解连环》的别名。

散馀霞 四十五字　毛滂

　　墙头花句　寒犹噤韵　放绣帘画静叶　帘外时有

蜂儿句　趁杨花不定叶　阑干又还独凭叶　念翠

低眉晕叶　春梦枉断人肠句　更恹恹酒病叶

这一调前后段词句极相似，不过后阕首句，比前阕首句少去一字，其馀句法，完全相同。前阕第二句的"放"字，第四句的"趁"字，后阕第二句的"念"字，第四句的"更"字，都用首字领句，不可直下，这都是上一下四的五字句，学填本调的，须要注意。

更漏子 四十五字　温庭筠

　　玉阑干句　金蕉井韵　月照碧梧桐影叶　独自

个句　立多时换平韵　露华浓湿衣叶平　一向

三换仄韵　凝情望叶三仄　待得不成模样叶三仄　虽

叵耐句　又寻思叶平　怎生嗔得伊叶平

这一调前后段句法，也极相似，不过前阕首句是三字，后阕首句却是两字。后人填此词，也有将后阕首句，改为三字句的，《词律》收此体，却只作两字句；四十六字的或系另一体了。起仄韵，换平韵，后阕三换仄韵，不过结尾的平韵，却与前阕的平韵相叶，并不再换。

绣带儿四十五字　曾觌

潇洒陇头春韵　取次一枝新叶　还是东风来也句　犹作未归人叶　微月淡烟村叶　谩伫立句　惆怅黄昏叶　暮寒香细句　疏英几点句　尽奈销魂叶

此调前后段句法，各自不同，前阕惟第三句是六言，并不用韵，其馀三句都是五言，并且都用韵；后阕起一句五言，第二句却是前三后四的七言豆句，下面三句都是四言，惟末句用韵。此调又名《好女儿》，但《好女儿》另有六十二字的正调，故填此词的人，不必用别名，反易相混。

柳含烟四十五字　毛文锡

隋堤柳句　汴河旁韵　夹岸绿荫千里句　龙舟凤舸木兰香叶　锦帆张叶　因梦江南风景好换仄韵　一路流苏羽葆叶仄　笙歌未尽起横流三换平韵　锁春愁叶三平

这一阕词前后异段，前阕用三字句做主体，只押平韵；后阕起句便换仄韵，第二句叶仄，第三句忽又三换平韵，结句叶三平。全阕共用两个平韵、一个仄韵，此等换韵之处,最易模糊,学者务须格外留意。

一落索四十五字　吕渭老

宫锦裁书寄远韵　意长辞短叶　香兰泣露雨催莲句　暑气昏池馆叶　向晚小园行遍叶　石榴红满叶　花花叶叶尽成双句　浑似我豆　梁间燕叶

这一阕词,前后段相差无几,不过前阕末句是五言,后阕结尾是六言豆句罢了。但是后人填此调的,往往将前阕末句也改作六言豆句,成为前后同段。吕词两阕,都作四十五字,故《词律》收此调。

忆少年四十六字　晁补之

无穷宫柳句　无情画舫句　无根行客韵　南山尚相送句　只高城人隔叶　罨画园林溪绀碧叶　算重来豆　尽成陈迹叶　刘郎鬓如此句　况桃花颜色叶

此调前后段句法,绝不相同,前阕起三句都是四言,到第三句方押韵,并且"无穷"、"无情"、"无根"叠用,也很别致。另曹组所作,也是"年时酒伴,年时去处,年时春色"三句叠用,可见本调前三句一定要如此填法。两结五字句也是前一后四的领句,后阕第二句是前三后四的七言豆句。

荆州亭 四十六字　吴城小龙女

簾卷曲阑独倚韵　江展墓云无际叶　泪眼不曾晴句　家在吴头楚尾叶　数点落花乱委叶　扑漉沙鸥惊起叶　诗句欲成时句　没入苍烟丛里叶

词中本来没有此调名,因本词题在荆州江亭壁上,就名为《荆州亭》。前后同段,韵也只用一个仄到底,并不更动。本词是创调,同时填者极少,故词中的平仄,一切须照本词,不可任意变更。

忆秦娥 四十六字　李白

箫声咽韵　秦娥梦断秦楼月叶　秦楼月叠句　年年柳色叶　灞陵伤别叶　乐游原上清秋节叶　咸阳古道音尘绝叶　音尘绝叠句　西风残照句　汉家陵阙叶

词调前后段句法不同,惟前阕第三句叠句,与后阕第二句叠句,是一样句法。前后结尾两句,虽都是四言,但前阕两句都用韵,后阕只末句叶韵。前后结句的首字,必须用仄声,第三字必须用平声,切不可任意变更。

琴调相思引 四十六字　赵彦端

拂拂轻阴雨掬尘韵　小庭深幕堕娇云叶　好花
〇●〇〇●〇▲　　●〇〇●●〇▲　　●〇
无几句　犹是洛阳春叶　燕语似知怀旧主句　水
〇▲　　〇●●〇▲　　●●●〇〇●▲　　●
生只解送行人叶　可堪诗思句　和泪渍罗巾叶
〇●●●〇▲　　●〇〇●　　〇●●〇▲

此调是前后同段的,一路平韵到底,不过前阕首句仄仄平平仄仄平,末字押韵;后阕首句是仄仄平平平仄仄,并不用韵,稍有不同罢了。后人有将此调改名《定风波》,实系错误,因《定风波》是另有本调的,初学的人,应当辨明。

望仙门 四十六字　晏殊

玉池波浪碧如鳞韵　露莲新叶　清歌一曲翠眉
●〇〇●●〇▲　　●〇〇▲　　〇〇●●●〇
攒叶　舞华茵叶　满酌兰英酒句　须知献寿千春
〇▲　●〇▲　　●●〇〇●　　〇〇●●〇〇
叶　太平无事荷君恩叶　荷君恩叠句　齐唱望仙门叶
▲　●〇〇●〇〇▲　　〇〇〇▲　　〇●●〇▲

此调前后句法各异,前阕一、三两句七言,二、四两句三言,俨然成为两排;后阕首句五言,次句六言,第三句七言,第四句却叠三字,末句用五言结。本词结尾,就用本调名,实是偶然,并非一定要如此的,学者不必拘泥。

画堂春 四十七字　徐俯

落红铺径水平池韵　弄晴小雨霏霏叶　杏花憔
悴杜鹃啼叶　无奈春归叶　柳外画楼独上句　凭
栏手捻花枝叶　放花无语对斜晖叶　此恨谁知叶

此调前后虽不同段，句法也无多大出入，只两段的首句，前系七言、后系六言，前用韵、后不用韵，其馀三句，字句固然相同，平仄也完全一样。

甘草子 四十七字　柳永

秋暮韵　乱洒衰荷句　颗颗珍珠雨叶　雨过月
华生句　冷彻鸳鸯浦叶　池上凭阑愁无侣叶
奈此个豆　单栖情绪句　却傍金笼教鹦鹉叶　念粉
郎言语叶

此调前后句法各异，前阕用两字句起韵，接四字一句，下三句都是五字；后阕首句七言，中间"凭"字，须是仄声，末字并不是韵，第二句是前三后四的七言豆句，第三句七字，结句五字，通首共用五韵。

阮郎归四十七字　欧阳修

南园春半踏青时韵　风和闻马嘶叶　青梅如豆
柳如眉叶　日长蝴蝶飞叶　花雾重句　草烟低叶
人家帘幕垂叶　秋千慵困解罗衣叶　画堂双燕飞叶

此调前后并不同段，前阕四句，七字、五字句相间，句句用韵；后半起三字两句，对成一联，第三句五字，第四句七字，结句又是五字，两结都押"飞"字，与《后庭花》前后两押"脸"字相似，可不必拘泥。黄山谷填此调，完全都押"山"字，这就是世传的独木桥体，不必去学他。

贺圣朝四十七字　杜安世

牡丹盛折春将暮韵　群芳羞妒叶　几时流落在
人间句　半开仙露叶　馨香艳冶句　吟看醉赏叶
叹谁能留住叶　莫辞持烛夜深深句　怨等闲风雨叶

此调前阕四句，七字、四字句相间，惟第三句不用韵；后阕起四字二句，第三句五字，首字稍豆；第四句七字，结句五字，首字也须稍豆，前后一韵，并不更换。词谱收四十九字一阕,系是别体。

人月圆四十八字　吴激

南朝千古伤心事句　还唱后庭花韵　旧时王谢句　堂前燕子句　飞入谁家叶　恍然一梦句　仙肌胜雪句　宫鬓堆鸦叶　江州司马句　青衫泪湿句　同是天涯叶

此调前后不同段,通首用四字句做主体,前阕首句七字、次句五字外,三、四、五句,都是四字;后阕六句,完全是四字句。通首用平韵,并不更换。此词也有将第三句作为豆句,第四、五两句对成一联的,后半分两排,与前阕下三句相同。

喜团圆四十八字　晏几道

危楼静锁句　窗中迢岫句　门外垂杨叶　珠帘不禁春风度句　解偷送馀香叶　眠思梦想句　如双燕句　得到兰房叶　别来只是句　凭高泪眼句　感旧离肠叶

此词通首也是用四言句做主体的,与前举《人月圆》一调,恰恰相似,不过前阕将七言、五言两句,与四言三句，对调过来罢了；后阕却与《人月圆》完全相同。前阕二、三两句，后阕二三两句、五六两句，都要对偶的。

海棠春四十八字　秦观

　　　　流莺窗外啼声巧韵　睡未足豆　把人惊觉叶
　　　　●○○●○▲　　　▲▲▲　　○○●▲
翠被晓寒轻句　宝篆沉烟袅叶　　宿醒未解宫娥报
▲●●○○　　●▲○○▲　　　●○▲●○○▲
叶　道别院豆　笙歌会早叶　试问海棠花句　昨夜
　　●●▲　　○○●▲　　▲●●○○　　▲▲
开多少叶
○○▲

此调是前后同段的，平仄押韵，完全相同。第二句是前三后四的七言豆句，三、四两句五言，可对可不对，如天然巧合，对固然好，但也不必勉强去琢对，犯那求工反拙的弊病；前后两豆句，务须用心体会。

眼儿媚四十八字　刘基

　　　　萋萋芳草小楼西韵　云压雁声低叶　两行疏柳
　　　　●○○●●○○　　●▲●○○　　●○○●
句　一丝残照句　万点鸦栖叶　　春山碧树秋重绿
　　●○○●　　●●○○▲　　　○○●●○○●
句　人在武陵溪叶　无情明月句　有情归梦句　同
　　○●●○○　　　○○○●　　●○○●　　○
到幽闺叶
▲○○

此调前后同段，惟字句的平仄稍有出入。前阕首句平平平仄仄平平，也有用平仄平平仄平平的；后阕首句，却是平平仄仄平平仄,与前阕稍异。此调的后阕,与《人月圆》的前阕,完全相同,可以印证。

阳台梦四十九字　唐庄宗

薄罗衫子金泥缝韵　困纤腰怯铢衣重叶　笑迎移步小兰丛句　㪷金翘玉凤叶　娇多情脉脉句　羞把同心捻弄叶　楚天云雨却相和句　又入阳台梦叶

此词前后句法,完全不同,前阕共四句,上面三句都是七字句,只有第四句是五字;第三句不用韵;后阕四句,首尾两句是五字句,第二句六字,第三句七字,但韵却是一路到底,并不变更的。后人将后阕首句第三字改用仄声,便觉格格不入。此词是取末句三字做调名的。

柳梢青四十九字　秦观

岸草平沙韵　吴王故苑句　柳袅烟斜叶　雨后寒轻句　风前香细句　春在梨花叶　行人一棹天涯叶　酒醒处豆　残阳乱鸦叶　门外秋千句　墙头红粉句　深院谁家叶

此词前后不同,前阕六句,完全是四字句,本词首句即用韵，但这一句，也有不用韵，而用平起仄收的；四、五两句须对。后阕首句六字，次句系前三后四的七言豆句，馀亦系四字，三、四两句也对。此词并且有一体完全用仄韵的，却非正则，不足取法。

醉乡春四十九字　秦观

唤起一声人悄韵　衾冷梦寒窗晓叶　瘴雨过句
海棠开句　春色又添多少叶　社瓮酿成微笑叶
半缺椰瓢共啑叶　觉颠倒句　急投床句　醉乡广
大人间小叶

词调前后虽不尽同，但出入甚微，只是上阕末句为六字句，作平仄仄平平仄，后阕末句是七字句，作仄平仄仄平平仄，其馀四句，前后却是相同的。本调通首用仄韵，只此一体，初学对于字句中的平仄，切不可任意更变。"啑"字读如"咬"，用器取水叫啑。

忆汉月五十字　欧阳修

红艳几枝轻袅韵　早被东风开了叶　倚烟啼露
为谁娇句　故惹蝶怜蜂恼叶　多情游赏处句　留
恋向豆　绿丛千绕叶　酒阑欢罢不成归句　肠断月

斜人老叶
○○▲

此调前后相异，前阕首句六字，作平仄仄平平仄，次句也是六字，作平平平仄平平仄；后阕首句却是五字，作平平平仄仄，次句是七言豆句，作平仄仄仄平平仄，各自不同。惟结尾两句，前后都是一句七言，一句六言，平仄也完全相同。

梁州令五十字　晏几道

　　　　莫唱阳关曲韵　泪湿当年金缕叶　离歌自古最
　　　　　　　▲　　　●　　　　　▲　　○○●
销魂句　于今更有销魂处叶　南桥杨柳多情绪叶
○○句　○○●●○○▲　　○○○●○○▲

不系行人住叶　人情却似飞絮叶　悠扬便逐春风
●●○○▲　　●○●●○▲　　○○●●○○
去叶
▲

此调前后阕字句各异，只有前后两结句相同；前阕首句起韵，本词中的"曲"字，须读去声，否则不叶。通首也只用一仄韵到底，并不更换。还有《梁州令叠韵》，长一百字，以及五十五字、一百五字各体，都是别裁。

西江月五十字　史达祖

　　　　裙摺绿罗芳草句　冠梁白玉芙蓉韵　次公筵上
　　　　●●●○○●句　●○●●○○▲　　●○○●
见山公叶　红绶欲衔双凤换仄韵　已向冰奁约月
●○○▲　　●●●○○●▲　　●●○○●▲

句　更来玉界乘风叶平　凌波袜冷一樽同叶平　莫
　　●○○▲　　　　○○▲▲○○　　●
负彩舟凉梦叶仄
▲●○▲

此调前后同段，起两句六言，务须对偶，第二句起平韵，第三句七字，叶平韵，第四句六字，忽换仄韵，但这所换的仄韵，也须与所押的平韵相叶；平仄韵互叶，词曲中本有这一体的。后阕同前，不必细述。

惜分飞 五十字　陈允平

　　　　钏阁桃腮香玉溜韵　困倚银床倦绣叶　双燕归
　　　　●▲○○○▲　●●○○▲●　●●○
来后叶　相思叶底寻红豆叶　碧唾春衫还在否叶
○▲　　○○▲●○○▲　●●○○○▲▲

　　　　重理弓弯舞袖叶　锦藉芙蓉绉叶　翠腰羞对垂杨
　　　　●●○○●▲　●●○○▲　●○○●○○
瘦叶
▲

此词是前后同段的，非但字句长短相同，就是平仄也完全相合；通首用七字句做主体，起结两句都是七言，只有第二句是六字，第三句是五字。有人将第三句第四字改用仄声，如"簾映春窈窕"等，颇觉声调生硬，不宜盲从。

迎春乐 五十一字　秦观

　　　　　菖蒲叶叶知多少韵　惟有个豆　蜂儿妙叶　雨
　　　　　○○●●○○▲　●●●　○○▲　●
晴红粉齐开了叶　露一点豆　娇黄小叶　早是被
○○●●○○▲　●●●　○○▲　●●▲

豆　晓风力暴叶　更春共豆　斜阳俱老叶　怎得香
　　●　　○○▲　　　○○▲　　●▲○　　

香深处句　做个蜂儿抱叶
○○▲　　●▲●▲

此调前后不同段，通首用豆句做主体；前阕四句，一、三两七字句，句法完全相同，二、四两句六言豆句，也是一样的；后阕起两句都是前三后四的七言豆句。后人有将这几句总作七言句的，实系大谬；第三句六言，结句五言。通首只押一仄韵，并不更换。

瑶池燕五十一字　苏轼

　　　　飞花成阵韵　春心困叶　寸寸叶　别肠多少愁
　　　　　○○○▲　　○○▲　　●●▲　　

闷叶　无人问叶　偷啼自揾叶　残妆粉叶　　抱瑶
▲　　○○▲　　○○●▲　　○○▲　　　　●

琴豆　寻出新韵叶　玉纤趁叶　南风未解幽愠叶
○　　○●○▲　　●○▲　　○○●●○▲

低云鬓叶　眉峰敛晕叶　娇和恨叶
○○▲　　○○●▲　　○○▲

这一调是东坡得意的作品，他曾有"琴曲有《瑶池燕》，其词不协而声亦怨咽！变其词作《闺怨》，寄陈季常，此曲奇妙，勿妄与人！"的话。通首三字句独多，还有两字句，七言豆句，的确是奇妙的！词中平仄，不可妄自更改。

雨中花五十一字　晏殊

剪翠妆红欲就韵　折得清香满袖叶　一对鸳鸯
眠未足句　叶下长相守叶　莫傍细条寻软藕叶
怕绿刺豆　胃衣伤手叶　可惜许豆　月明风露好叶
恰在人归后叶

此调前后也不同段，前阕起六字二句，句法完全相同，第三句七字，末句五字。后阕起三句，都比了前阕多一字，第二句、第三字连用两豆句；只有结尾一句，与前阕完全相同。通首也是一韵到底，并不更换的。

醉花阴五十二字　李清照

薄雾浓雾〔云〕愁永昼韵　瑞脑喷〔消〕金兽叶
佳节又重阳句　宝枕纱厨句　半夜秋〔凉〕初透
叶　东篱把酒黄昏后叶　有暗香盈袖叶　莫道不
消魂句　簾卷西风句　人比黄花瘦叶

此调是前后同段的，字句长短相称，起七字一句，次五字两句，次四字一句，结句也是五字，通首可算是五字句做主体的。不过本词前阕的第二句"瑞脑喷金兽"，是寻常的五言句法，后阕第二句"有暗香盈袖"，却是用"有"字领句，与"瑞脑"句不同，但也有前后都用"瑞脑"句法的，学者也不必过于拘泥。

东坡引五十三字　赵师侠

相看情未足韵　离觞已催促叶　停歌欲语眉先
○○○▲　　○▲▲　　●▲○▲
蹙叶　何期归太速叶　　如今去也句　无计追逐叶
　▲　　○○○▲　　　○○●句　○●○▲
怎忍听豆　阳关曲叶　扁舟后夜滩头宿叶　愁随
○●●　　○○▲　　●○●●○○▲　　○○
烟树簇叶　愁随烟树簇叠句
○●▲

此调前后段句法固然不同，即字数也是后阕多出十一字，但韵却是通首用一仄韵。前阕除第三句七字外，馀三句都是五字，并且句句用韵。后阕起四字两句，次六字豆句，次七字一句，第五句五字，结句即用第五句一叠，这一句是必须要叠的，不可疏忽。

临江仙五十四字　和凝

海棠香老春江晚句　小楼雾縠空濛韵　翠鬟初
●○○●○○▲　　●○●●○○　　●○○
出绣帘中叶　麝烟鸾珮惹苹风叶　碾玉钗摇鸂鶒
●●○▲　　●○○●●○○▲　　●●○○○●
战句　雪肌云鬓将融叶　含情遥指碧波东叶　越王
▲　　●○○●○○▲　　○○○●●○○▲　●○
台殿蓼花红叶
○●●○○▲

此调是前后同段的，通首用一平韵，并不更换；通首用七字句做主体，只有第二句是六字句。前阕首句是仄平平仄平平仄，后阕首句却是仄仄平平平仄仄。前后不同之处，就在这一点。

钗头凤 六十字　陆游

红酥手叶　黄藤酒叶　满城春色宫墙柳叶　东
　○○▲　　○○▲　　▲○○▲○○▲　　○
风恶换仄韵　欢情薄叶二仄　一怀愁绪句　几年离
　　▲　　　　　　▲　　　○○○▲　　○○○
索叶二仄　错叶二仄　错叠　错叠　春如旧叶首仄
　▲　　　▲　　　▲　　▲　　○○▲
人空瘦叶首仄　泪痕红浥鲛绡透叶首仄　桃花落
○○▲　　　　　●○○●○○▲　　　○○▲
叶二仄　闲池阁叶二仄　山盟虽在句　锦书难托
▲　　　○○▲　　　　○○○▲　　●○○▲
叶二仄　莫叶二仄　莫叠　莫叠
▲　　　▲　　　▲　　▲

此调前后同段，前阕起两句三字句，一句七字句，用一仄韵，第四、五句各三字，二换仄韵，第六句四字，并不用韵，第七句四字叶二仄，结句用三叠字，叶二仄；后阕完全相同。通首中，三字句、四字句，都须对偶。

一剪梅 六十字　蒋捷

一片春愁带酒浇韵　江上舟摇叶　楼上帘招叶
●●○○●●○　　　○●○○▲　　●●○○
秋娘容与泰娘娇叶　风又飘飘叶　雨又潇潇叶
○○○●●○○▲　　○●○○▲　　●●○○
何日云帆卸浦桥叶　银字筝调叶　心字香烧叶
○●○○●●○▲　　○●○○▲　　○●○○

流光容易把人抛叶　红了樱桃叶　绿了芭蕉叶
●○○▲▲　　●▲○○　　●▲○○

此调也是前后同段的，通首用七言、四言，相间而成，一韵到底。每阕似分为两排，每一七字句、两四字句为一排，但第一句为仄仄平平仄仄平，第四句是平平平仄仄平平，稍有不同；四字句全做仄仄平平，但上下两句的意思，要连属的；也可以用叠句叠韵，像李易安"才下眉梢，却上眉梢"等句子，就是一例。

蝶恋花 六十字　苏轼

花褪残红青杏小韵　燕子飞时豆　绿水人家绕
　　　○▲○○▲　　●▲○○　　●▲○○▲

叶　枝上柳绵吹又少叶　天涯何处无芳草叶　　架
　　　○▲○○▲　　●○○▲○○▲

上秋千墙外道叶　墙外行人豆　墙里佳人笑叶　笑
●○○○▲●　　●▲○○　　●▲○○▲

渐不闻声渐杳叶　多情却被无情恼叶
▲▲○○▲▲

此调也是前后同段的，通首用七字句来做主体，只有第二句是前四后五的九言豆句，若是这一句也是七字句，那末通首好像两首押仄韵的七绝了。通首一韵到底，并且句句都用韵。

渔家傲 六十二字　范仲淹

塞下秋来风景异韵　衡阳雁去无留意叶　四面
　　▲▲○○▲　　●○●▲○○▲　　●▲

边声连角起叶　千嶂里叶　长烟落日孤城闭叶
○○○▲　　○●　　●○●●○○▲

浊酒一杯家万里叶　燕然未勒归无计叶　羌管悠
▲●○○○●▲　　○○●●○○▲　　○●○

悠霜满地叶　人不寐叶　将军白发征夫泪叶
○○●●▲　　○●▲　　○○●●○○▲

此调也是前后同段，押一仄韵到底，并不更换。通首几乎全用七字句，只有第四句是三字，若然没有这一句，通首也好像两首押仄韵的七言绝诗。有人将后阕第三句作仄平平仄平平仄，实是错误的，不可盲从。

醉春风 六十四字　赵德仁

陌上清明近韵　行人难借问叶　风流何处不归
▲●○○▲　　○○○●▲　　○○○●●○

来句　闷叶　闷叠　闷叠　回雁峰前句　戏鱼波上
○　　▲　　▲　　▲　　○●○○　　●○○●

句　试寻芳信叶　夜永兰膏烬叶　春睡何曾稳叶
　　●○○●▲　　●●○○▲　　○●○○▲

枕边珠泪几时干句　恨叶　恨叠　恨叠　惟有窗
▲○○●●○○　　▲　　▲　　▲　　○●○

前句　过来明月句　照人方寸叶
○　　●○○●　　●○○●▲

此调虽系前后同段，但中间稍有出入，前阕第二句是平平平仄仄，后阕第二句是平仄平平仄，恰是相反，切不可误为一般。第四句用三叠字，与《钗头凤》相同，但此调叠字却用在中间，《钗头凤》却用在结尾。

喝火令_{六十五字}　黄庭坚

　　　　见晚情如旧_句　交疏分已深_韵　舞时歌处动人
心_叶　烟水数年魂梦_句　无处可追寻_叶　昨夜灯
前见_句　重题汉上襟_叶　便愁云雨又难禁_叶　晓也
星稀_句　晓也月西沉_叶　晓也雁行低度_句　不会寄
芳音_叶

此调前后相异，前阕起两句五言，第二句起韵，第三句七言一叶，第四句六言，不用韵，末句也是五言叶韵。后阕起三句、结两句，与前阕完全相同，不过在第三句下面，加上仄仄平平、仄仄仄平平两句，因此后阕反比前阕多上九字。

玉梅令_{六十六字}　姜夔

　　　　疏疏雪片_韵　散入溪南苑_叶　春寒销_豆　旧家
亭馆_叶　有玉梅几树_句　背立怨东风_句　高花末吐
_句　暗香已远_叶　公来领客_句　梅花能劝_句　花
长好_豆　愿公更健_叶　便揉春为酒_句　剪雪作新诗
_句　拌〔拚〕一日_豆　绕花千转_叶

此调前后相异，前阕起句四字，第二句五字，第三句

是七言豆句，第四句五字，首字是领句法，第五句五字，末两句四字。后阕第二句变为四字，第三、四、五三句相同，结句却变为前三后四的七言豆句。

两同心六十八字　晏几道

楚乡春晚句　似入仙源韵　拾翠处豆　闲寻流
水句　踏青路豆　暗惹香尘叶　心心在句　柳外青
帘句　花下朱门叶　对景且醉芳樽叶　莫话销魂
叶　好意思豆　曾同明月句　恶滋味豆　最是黄昏
叶　相思处句　一纸红笺句　无限啼痕叶

此调前后段也不相同，通首押一平韵到底。前阕起四字两句，次句起韵；三、四两句都是七言豆句，且系对句，接三字一句，末用四字两对句作结。后阕首句系六字，以下各句，都与前阕相同。

月上海棠七十字　陆游

兰房绣户恹恹病韵　叹春醒豆　和闷甚时醒叶
燕子空归句　几曾传豆　玉关音信叶　伤心处句
独展团窠瑞锦叶　熏笼消歇沉烟冷叶　泪痕深

豆　展转看花影叶　谩拥馀香句　怎禁他豆　峭寒
▲　▲　　○　○　　　▲　▲　○　　　　▲　○　　　▲

孤枕叶　西窗晓句　几声银瓶玉井叶
○　▲　　○　○　　　▲　◉　○　○　○　▲

此调前后同段，通首用一仄韵到底。首句七字即起韵，第二句是前三后五的八言豆句，第五句三字不用韵，末句六字作结。本词后阕末句第二"声"字平声，此处虽说平仄可以并用，但终究宜用仄声，学者务须注意。

西施七十一字　柳永

　　柳街灯市好花多韵　尽让美琼娥叶　万娇千媚
　　　○　○　○　○　　　▲　▲　○　▲　　○　◉　○　○

句　的的在层波叶　取次梳妆豆　自有天然态句
○　　○　○　▲　○　▲　　▲　▲　○　○　　　▲　▲　○　○　▲

爱浅画双蛾叶　断肠最是金闺客句　空怜爱豆
▲　▲　▲　○　○　　▲　○　▲　▲　○　○　▲　　○　○　▲

奈伊何叶　洞房咫尺豆　无计枉朝珂叶　有意怜才
▲　○　○　　　▲　○　▲　▲　　○　▲　▲　○　○　　　▲　▲　○　○

豆　每遇行云处句　幸时恁相过叶
▲　　▲　▲　○　○　▲　　▲　○　▲　○　▲

此调虽然是前后段不同，但相异之处也极微细。前阕起句七字作仄平平仄仄平平，后阕起句仄平仄仄平平仄；前阕第二句五字，后阕第二句变为六言豆句，其馀句法全同，两结五字句，都用第一字领句，与寻常五言句不同。

于飞乐七十二字　晏几道

　　晓日当簾句　睡痕犹占香腮韵　轻盈笑倚鸾台
　　　▲　▲　○　○　　　▲　○　▲　▲　○　○　　　○　○　▲　▲　○　○

叶　晕残红句　匀宿翠句　满镜花开叶　娇蝉鬓畔

句　插一枝豆　淡蕊疏梅叶　每到春深句　多愁

饶恨句　妆成懒下香阶叶　意中人句　从别后句

萦系情怀叶　良辰好景相思字句　唤不归来叶

此调前后阕不同的地方很多，但韵却是只押一平声到底。前阕首句四字，次句六字起韵，第三句六字，第四、第五各三字作对，六、七两四言句，末用七言豆句。后阕起两句都是四字，第三、四、五、六四句，与上阕完全相同，结句却是前七后四的十一字豆句。

隔帘听七十三字　柳永

咫尺凤衾鸳帐句　欲去无因到韵　虾须窣地重

门悄叶　认绣履频移句　洞房杳杳叶　强语笑叶

逞如簧豆　再三轻巧叶　梳妆早叶　琵琶闲抱叶

爱品相思调叶　声声似把相思告叶　隔帘赢得句

断肠多少叶　恁烦恼叶　除非共伊知道叶

此调前后不同的地方很多，不过通首只押一仄韵到底。前阕首句六字，次句五言起韵，第三句七字，第四句五字，也是首字领句的，第五句四字，第六句三字，第七句是七言豆句，结句三字。后阕起句四字，二、三两句与前阕同，四、五都用四字句，第六句三字，用六字句作结。

百媚娘七十四字　张先

　　　　珠阁五云仙子韵　未省有谁能似叶　百媚等应
　　　　⦾▲　　○○▲　　▲▲▲▲▲　　　▲▲▲○
天乞与句　净饰艳妆都美叶　取次芳华皆可意叶
○▲　　　▲▲▲▲○▲　　▲▲○○○▲▲
何处无桃李叶　　蜀被锦文铺水叶　不放彩鸾双戏
○▲○○▲　　　⦾▲▲○○▲　　▲▲▲○○▲
叶　乐事也知存后会句　争奈眼前心里叶　绿皱小
▲　▲▲▲○○▲▲　　　○▲▲○○▲▲　　▲▲▲
池红叠砌叶　花外东风起叶
○○▲▲　　　○▲○○▲▲

此调前后同段，字句平仄完全一样。起两句五言，首句即起韵，第二句叶，第三句七字，并不用韵，第四句六言叶，第五句又用七言句叶，第六句五字结，通首十二句，中间六字句却占一半，全用一仄韵到底。

凤楼看七十七字　欧阳炯

　　　　凤髻绿云<u>丛</u>韵　深掩房栊叶　锦书通叶　梦中
　　　　▲▲▲○○　　　○▲○○▲　　▲○○▲　　▲○
相见觉来慵叶　匀面脸句　泪珠融叶　因想玉郎何
○▲▲○○▲　　○▲▲　　▲○○▲　　○▲▲○○
处去句　对淑景谁同叶　小楼中叶　春思无穷叶
▲▲　　　▲▲▲○○▲　　▲○○▲　　○▲○○▲
倚阑凝望句　闇牵愁绪句　柳花飞起东风叶　斜
▲○○▲　　　▲○○▲　　　▲○○▲○○▲　　○

日照簾句　罗幌香冷粉屏空叶　海棠零落句　莺语
▲▲○　○○○▲▲○○▲　　▲○○▲　　○▲

残红叶
○○

此调前后段字句各异，前阕首句五字起韵，次句四字，第三句三字，第四句七字，五、六两句各三字，第七句七字，末句五字，首字领句。后阕起三字叶，次句四字同前，三、四两句四字，第五句六字，第六句又是四字，第七句七字，末两句各四字。通首只押一韵，并不更换。

柳腰轻 八十二字　柳永

英英妙舞腰肢软韵　章台柳句　照阳燕叶　锦
○○●▲○○●▲　　○○▲　　●○○▲　　●

衣冠盖叶　绮堂筵宴叶　是处千金争选叶　顾香砌
○○▲▲　　●○○▲　　▲●○○○▲　　●○●

豆　丝管初调句　倚轻风豆　佩环微颤叶　乍入
　　○●○○▲　　●○○　　●○○▲　　▲●

霓裳促遍叶　逞盈盈豆　渐催檀板叶　谩垂霞袖句
○○●▲　　●○○　　●○○▲　　●○○▲

急趋莲步句　进退奇容千变叶　笑何止豆　倾国
●○○▲　　●●○○○▲　　●○●　　○●

倾城句　暂回眸豆　万人肠断叶
○○　　●○○　　●○○▲

此调前后段虽非全同，但相异的地方极少；不过前阕首句是七字，第二、第三句是三字对句；后阕首句是六字，次句是七言豆句，其馀的各句，前后段完全相同。本词前阕第五字"宴"字叶韵，是出于偶然，并不是一定要叶的，学者尽可不必拘执。

蓦山溪 八十二字　张元幹

　　一番小雨句　陡觉添秋色韵　桐叶下银床句
又送个豆　凄凉消息叶　故乡何处句　搔首对西风
句　衣线断句　带围宽句　衰鬓添新白叶　　钱塘
江上句　冠盖如云积叶　骑马旁朱门句　谁肯念豆
　　尘埃墨客叶　佳人信杳句　日暮碧云深句　楼独
倚句　镜频看句　此意无人识叶

此调句法、平仄，前后段完全相同，通首用一仄韵到底。首句四字，次句五字起韵，第三句五字，第四句系七言豆句，第五句四字，第六句五字，七、八两句三字对句，共四句，全不相叶，末用五言句叶韵作结。通首用五言句为主体，句中平仄可以通用的地方很多。

黄鹤引 八十三字　方阙名

　　先逢垂拱韵　不知干戈免田陇叶　士林书圃终
年句　庸非天宠叶　才初阚茸叶　老去支离何用叶
　　浩然归豆　算是黄鹤秋风相送叶　尘事塞翁心
句　浮世庄生梦叶　漾舟遥指烟波句　群山森动叶

神闲意耸叶　回首利鞿名鞚叶　此情谁共叶　问
○○　▲　　●▲●○○▲　　▲○○▲　　▲

几许淋浪春瓮叶
▲▲○○○▲

此调前后段不同，前阕首句四字即起韵，次七言叶，第三句六言不叶韵，四、五两句四字，都是叶的，第六句六字叶，结尾是前三后八的十一字豆句；后阕起两句是五言对句，次句叶韵，下面四句，与前阕三、四、五、六句相同，第七句四字叶，结尾七字，用首字领句，与寻常的七言句不同。

满江红八十九字　　吕渭老

晚浴新凉句　风蒲乱豆　松梢见月韵　庭阴静
　　　○○○▲　　○○▲　　○○●▲　　○○▲

豆　暮蝉啼歇叶　萤绕井阑簾入燕句　荷香兰气供
　　●○○▲　　○●●○○●▲　　○○○●○

摇箑叶　赖晚来豆　一雨洗游尘句　无些热叶
○▲　　●●○　　●●●○○　　○○▲

心下事句　峰重叠叶　人甚处句　星明灭叶　想行
○●●　　○○▲　　○●●　　○○▲　　●○

云应在句　凤凰城阙叶　曾约佳期同菊蕊句　当时
○○●　　●○○▲　　○●○○○●▲　　○○

共指灯花说叶　据眼前豆　何日是西风句　吹凉叶
●▲○○▲　　●●○　　○●●○○　　○○▲

叶

此调前后段句法，也是两样的。前阕起句四字，次七言豆句起韵，第三句叠一七言豆句，与第二句相同，四、五两句七言,第六句是八言豆句,结句三字;后阕起四句三言,俨然分作两排,第五句五字,第六句四字,结尾四句,完全与前阕相同,通首押一仄韵到底。

采莲令九十一字　柳永

月华收豆　云淡霜天曙韵　西征客豆　此时清
　▲　　　　○○　　▲　　　○　▲　　　○○
苦叶　翠娥执手句　送临歧豆　轧轧开朱户叶
▲　　　　　　　　　　▲　　▲▲
千娇面豆　盈盈伫立句　无言有泪叶　断肠争忍回
○○　▲　　○○　　　　○○　▲　　○○　　○
顾句　一叶兰舟句　便恁急桨凌波去叶　贪行色
　　　　　▲　　　　　　　　　　　▲
豆　岂知离绪叶　万般方寸句　但饮恨豆　脉脉谁
　　○○　▲　　　　　　▲　　　　▲　　○○
同语叶　更回首豆　重城不见句　寒江天外句　隐
○　▲　　○　▲
隐两三烟树叶
▲　▲

此调前后阕也不相同,不过韵却是押一仄韵到底的。前阕起句是前三后五的八言豆句,即起韵,次句七言豆句叶韵,第三句四字,第四句又是八言豆句,第五句又是七言豆句,第六句四字,结句六字;后阕起句四字,次句七言,第三句起,与前阕第二句以下,完全相同。

凄凉犯九十一字　吴文英

空江浪阔韵　清尘凝豆　层层碎刻冰叶叶　水
　▲○○　▲　　○○　▲　　　　　　▲　▲

边照影句　华裙曳翠句　露搔泪湿叶　湘烟暮合叶
　○▲　　　　▲　　　　　▲　　　　　　▲
尘袜凌波半涉叶　怕临风豆　欺瘦骨叶　护冷素
　　　▲　　　▲　　　　　　　　▲
衣叠叶　樊姊玉奴恨句　小钿疏唇句　洗妆轻怯
○▲　　　　●▲　　　　　　▲　　　　　
叶　氾人最苦句　粉痕深豆　几重愁靥叶　花溢香
　　　　▲　　　　　▲　　　　　▲
浓句　猛熏透豆　霜绡细摺叶　倚瑶台豆　十二金
▲　　　　▲　　　　　▲　　　　　▲　　　▲▲
钱晕半灭叶
　○▲▲

此调前后也不同段，通首押一仄韵到底，前阕首句四字即起韵，次句系九字豆句，以下四字四句，俨然分作两排，上两句不用韵，下两句都叶，第七句六言豆句，结句五字；后阕首句五字，接三句四字，第五句七字豆句，又顶四言一句，结尾一七字豆句，一十字豆句。本词后阕首句第三字仄声，实应作平声，填时务须注意。

意难忘九十二字　周邦彦

　　衣染莺黄韵　爱停歌驻拍句　劝酒持觞叶　低
　　　○▲　　　　　▲　　　　　　▲
鬟蝉影动句　私语口脂香叶　莲露滴句　竹风凉叶
　　　▲　　　　　▲　　　　　▲　　　　▲
拌〔拚〕剧饮淋浪叶　夜渐深句　笼灯就月句
　　○　　　▲　　　　▲　　　　　▲
子细端相叶　知音见说无双叶　解移宫换羽句
　●▲　　　　　　　▲　　　　　　　▲
未怕周郎叶　长颦知有恨句　贪要不成妆叶　些个
　　　▲　　　　　▲　　　　　　　▲

事句　恼人肠叶　待说与何妨叶　又恐伊句　寻消
▲　　▲○▲　　●▲▲○▲▲　　▲▲○　　○○

问息句　瘦减容光叶
▲▲　　▲▲○○

此调前后虽不尽同，但相异的地方很少，通首用一平韵到底。前阕起四句押韵，次五言一句，系用首字领句的，第三句四言，四、五是五言对句，六、七是三字句，第八又是五言首字领句，第九三字句，用四言两句作结；后阕只有首句变平平仄仄平平六字句外，其馀完全与前阕无异。

潇湘夜雨 九十三字　赵长卿

　　　　斜点银缸句　高擎莲炬句　夜深不耐微风韵
　　　　　▲○○○　　○○○▲　　▲○▲▲○○

重重簾幕卷堂中叶　香渐远豆　长烟袅穟句　光不
○○▲▲▲○○　　○▲▲　　○○▲▲　　○▲

定豆　寒影摇红叶　偏奇处句　当庭月暗句　吐焰
▲　　○▲○○　　○○▲　　○○▲▲　　▲▲

如虹叶　红裳呈艳句　丽娥一见句　无奈狂踪叶
○○　　○○○▲　　▲○▲▲　　○▲○○

　　　　试烦他纤手句　卷上纱笼叶　开正好豆　银花照
　　　　　▲○○○▲　　▲▲○○　　○▲▲　　○○▲

夜句　堆不尽豆　金粟凝空叶　丁宁语句　频将好
▲　　○▲▲　　○▲○○　　○○▲　　○○▲

事句　来报主人公叶
▲　　○▲▲○○

此调前后段，也略有相异。前阕起两句四字，第三句六字起韵，第四句七字，五、六两句是相对的豆句，第七句三字，结尾两句四言；后阕起三句都是四言，第四句是首字领句的五言，第五句四言，第六、七、八、九各句与前阕五、六、七、八各句相同，惟前阕结句四字，后阕结句却是五字。

玉漏迟 九十四字　元好问

浙江归路杳韵　西南却羡句　投林高鸟叶　升
　○○○▲　　○○●▲　　○○○●▲　　●
斗微官句　世累苦相萦绕叶　不是麒麟殿里句　又
●○○　　●●●○○▲　　●●○○●●　　●
不与豆　巢由同调叶　时自笑叶　虚名负我句　半
●●　　○○○▲　　○●▲　　○○●●　　●
生吟啸叶　扰扰马足车尘句　被岁月无情句　暗
○○▲　　●●●●○○　　●●●○○　　●
消年少叶　钟鼎山林句　一事几时曾了叶　四壁秋
○○●▲　　○●○○　　●●●○○▲　　●●○
虫夜雨句　更一点豆　残灯斜照叶　清镜晓叶　白
○●●　　●●●　　○○○▲　　○●▲　　●
发又添多少叶
●▲○○▲

　　此调前后段字数虽然相等，但句法也不尽相同，前阕首句五字，可以押韵，也可以不押韵，以下三句四言，第五、六两句六言，第七是七言豆句，第八三字，结尾两句都是四言；后阕起句即是六言，第二是首字领句的五言，以下六句，与前阕完全相同，不过结句却是一句六言，又与前阕不同，通首用一平韵到底。

水调歌头 九十五字　苏轼

明月几时有句　把酒问苍〔青〕天韵　不知天
上宫阙今夕是何年叶　我欲乘风归去句　又恐琼
楼玉宇句　高处不胜寒叶　起舞弄清影句　何似在
人间叶　转朱阁句　低绮〔绮〕户句　照无眠叶
不应有恨何事偏向别时圆叶　人有悲欢离合句
月有阴晴圆缺句　此事古难全叶　但愿人长久句
千里共婵娟叶

此调前后也不同段，前阕起二句五言，次句起韵，这两句也有对偶的，第三句为十一字句，在词句中可算最长，四、五两句各六字，并不用韵，第六句五言句，末两句五言结；后阕起三句，都要三字，第四句与前阕第三句同，以下却完全相同了。

步月 九十六字　史达祖

剪柳章台句　但问东阁句　醉中携手初归韵
逗香簾下句　璀璨缕金衣叶　正依约豆　冰丝射眼
句　更茬苒豆　蟾玉西飞叶　轻尘外句　双鸳细飐
句　谁赋洛滨妃叶　霏霏叶　红雾绕句　步摇共

鬟影句　吹入花围叶　管弦将散句　人静烛龙稀叶
泥私语豆　香樱乍破句　怕夜寒豆　罗袜先知叶
归来也句　相偎未肯入重帏叶

此调前后句法，也多不同的地方，前阕起两句各四字，并不用韵，第三句六字起韵，第四句四字，第五句五字，六、七都是相对的七言豆句，第八句三字，第九句四字，都不用韵，结句五字；后阕起句两字叶，次句三字，下面连三句四字，第六句五字，七、八、九三句，与前阕六、七、八三句相同，结句七字，却又相异；通首用一平韵到底。

珍珠帘九十七字　吴文英

蜜沉炉暖馀烟袅韵　伫立行人官道叶　麟带压愁香句　听舞箫云渺叶　恨缕情丝春絮远句　怅梦隔豆　银屏难到叶　寒峭叶　有东风垂柳句　学得腰小叶　还近绿水清明句　叹孤身如燕句　将花频绕叶　细雨湿黄昏句　半醉归怀抱叶　蠹损歌纨人去久句　谩泪拈豆　香兰如笑叶　书杏叶　念客枕幽单句　看春渐老叶

此调前后段虽异，但相同之处却很多，前阕起句七字即起韵，次句六言叶，三、四两句都是五字，但第三句是寻常五言，第四句却是用首字领句的，第五、六两句七字，但第六句却是豆句，第七句二字，第八句五言，也是用首字领句的，结句四字；后阕起句六字，次句是首字领句的五言，第三句四言叶，以下都与前阕同；不过上阕第八句是仄平平平仄，后阕第十句却是仄仄仄平平，句法稍异。

扬州慢 九十八字　　姜夔

淮左名都句　竹西佳处句　解鞍稍驻初程韵
○▲　　　　▲○○　　　▲▲▲○○

过春风十里句　尽荠麦青青叶　自吴马豆　窥江去
▲　　　　　　▲　　　　　　▲▲　　　○
后句　废池乔木句　犹厌言兵叶　渐黄昏清角句
　　　▲　　　　　▲　　　　　▲○○▲

吹寒都在空城叶　杜郎俊赏句　算如今豆　重到
○○○○▲　　　▲○○　　　▲　　　　○○
须惊叶　纵荳蔻词工句　青楼梦好句　难赋深情叶
○▲　　▲▲▲　　　　○○▲　　　○▲○○▲

二十四桥仍在句　波心荡豆　冷月无声叶　念桥
▲▲　　　　　　○○　　　▲▲○○▲　　○○

边红药句　年年知为谁生叶
○▲　　　○　　　▲

此调前后异段，相同的地方极少，只有结尾两句，前后阕是完全相同，以外却异。后人有将前阕首句第一字，次句第三字，六句第二字，九句第四字，结句首字，改用仄声，前阕次句首字，四句第四字，五句第二字，六句第六字，七句首字，后阕起句首字及第三字，四句第三字，六句第三字，全改用平声，终嫌不妥，此系白石自度腔，宜从本词。

金菊对芙蓉 九十九字　康与之

梧叶飘黄句　万山空翠句　断霞流水争辉韵
●▲○○　　　●○○▲　　　●○○●○○▲

正金风西起句　海燕东归叶　凭阑不见南来雁句
▲○○●▲　　　●●○○▲　　　○○●●○○▲

望故人豆　消息迟迟叶　木樨开后句　不应误我句
●●○　　　●●○○▲　　　●○○●　　　●○●●

好景良时叶　只念独守孤帏叶　把枕前嘱付句
●●○○▲　　　●●●●○○▲　　　●●○●●

一旦分飞叶　上秦楼游赏句　酒瓣花迷叶　谁知
●●○○▲　　　●○○○▲　　　●●○○▲　　　○○

别后相畏〔思〕苦句　悄为伊豆　瘦损香肌叶　花
●●○●●　　　●○○　　　●●○○▲　　　○

前月下句　黄昏院落句　珠泪偷垂叶
○○●●　　　○○●▲　　　○●○○▲

此调前后段虽异，但相同的地方很多，前阕起两句四言，第三句六言起韵，第四句是首字领句的五言，第五句四言，第六句七言，第七句是七言豆句，结尾三句都是四言；后阕起句六言叶，次句首字领句的五言，第三句四言叶，以下各句与前阕第二句以下完全相同。也可以将后阕第二句改为仄平仄平平。

念奴娇 一百字　辛弃疾

野棠花落句　又匆匆过了豆　清明时节韵　刬
○○○▲　　○○●○●▲　　○○●▲　　●
地东风欺客梦句　一枕银屏寒怯叶　曲岸持觞句
▲
垂杨系马句　此地曾经别叶　楼空人去句　旧游飞
燕能说叶　闻道绮陌东头句　行人长见句　簾底
纤纤月叶　旧恨春江流不尽句　新恨云山千叠叶
料得明朝句　樽前重见句　镜里花难折叶　也应惊
问句　近来多少华发叶

此调前后段也稍有差别，实为《念奴娇》的正格。前阕起句四字，次句是前五后四的九字豆句，三句七字，四句六字，五、六两句四字，七句五字，八句四字，九句六字；后阕起句六字，次句四字，第三句五字，与前阕不同，第四句起，与前阕第三句起，以下完全相同，后阕比前阕多一句，通首只押一仄韵到底。

换巢鸾凤 一百字　史达祖

人若梅娇韵　正愁横断坞句　梦绕溪桥叶　倚
风融汉粉句　坐月怨秦箫叶　相思因甚到纤腰叶
定知我今豆　无魂可消叶　佳期晚句　慢几度豆

泪痕相照换仄韵　人悄叶仄　天渺渺叶仄　花外语
香句　时透郎怀抱叶仄　暗握荑苗句　乍赏〔尝〕樱
颗句　犹恨侵阶芳草叶仄　天念王昌忒多情句　换
巢鸾凤教偕老叶仄　温柔乡句　醉芙蓉句　一帐春
晓叶仄

此调前后段相异的地方很多，就是韵也不同，前阕押五个平韵之后，末句却改仄韵来叶；后阕却完全叶仄韵。本词后阕中第五句"暗握荑苗"的"苗"字，有人误当是叶平韵的，其实此句却与"乍尝樱颗"相对，并不用韵，"苗"字不过是无心暗合罢了。词中平仄互叶的很多，前阕末韵句起改仄韵的，却只此一体，须要认清。

忆旧游 一百二字　张炎

记开簾送酒句　隔水悬灯句　款语梅边韵　未
了清游兴句　又飘然独去句　何处山川叶　淡风暗
收榆荚句　吹下沈郎钱叶　叹客里光阴句　消磨艳
冶句　都在樽前叶　留连叶　住人处句　是槛曲
窥莺句　兰沼围泉叶　醉拂珊瑚树句　写百年幽恨
句　分付吟笺叶　故旧几回飞梦句　江雨夜凉船叶

纵忘却归期句　千山未必能杜鹃叶
▲▲▲○○　　○○▲▲○▲

此调前后段词句也绝不相同，前阕起首字领句的五言，二、三两句四字，第三句起韵，四、五两句各五字，第五句是用首字领句的，第六句四字叶，第七句六字，八、九两句各五字，第九句用首字领句，结两句各四字；后阕起句两字，次句三字，第三句与前阕第九句同，第四句与前阕结句同，第五至第十句，与前阕第四至第九句相同，结尾七言一句，第四字一定要用入声。

龙山会一百三字　赵以夫

九日无风雨韵　一笑凭高句　浩气横秋宇叶
◉▲○○▲　　▲○○▲　　▲▲○○▲

群峰青可数叶　寒城小豆　一水萦如缕叶　西北最
◉○○▲▲　　○○▲　　▲▲○○▲　　○▲▲

关情句　慢遥指豆　东徐南楚叶　黯销魂句　斜阳
○○　　▲○▲　　○○○▲　　▲○○　　○○

冉冉句　雁声悲苦叶　今朝寒菊依然句　重上南
▲▲　　▲○○▲　　○○○▲○○　　○▲○

楼句　草草欢聚叶　诗朋休浪赋叶　旧题处豆
○　　▲▲○▲　　○○▲▲▲　　▲○▲

俯仰已随尘土叶　草放酒行疏句　清漏短豆　凉蟾
◉▲▲○○▲　　▲▲▲○○　　○▲▲　　○○

当午叶　也全胜句　白衣未至句　独醒凝伫叶
◉▲　　▲○▲　　▲○▲▲　　▲○○▲

此调前后相异之处，只换头一句，以下各句，完全相同。前阕起句是仄仄平平仄五言，后阕起句是平平平仄平平六言。有人收梦窗此调，为一百字，其中查有脱误的地方很多，幸有本词参证。须知《龙山会》一词，实是一百三字，学填词的人，对于这种地方，应认得清。

春从天上来——百四字　王恽

　　　　罗绮深宫韵　记紫袖双垂句　当日昭容叶　锦
　　　　　●▲○○　　▲▲▲　　　　●▲○○　　　▲
封香重句　彤管春融叶　帝座一点云红叶　正台门
　　　▲　　　　　　▲　　　　　　　▲　　　●▲
事简句　更捷奏豆　清昼相同叶　听钧天句　侍瀛
●▲　　▲▲　　　●▲○　　　▲○○　　　▲●
池内宴句　长乐歌钟叶　回首五云双阙句　恍天
○●　　　▲▲○　　　　　○●▲　　　　●○
上繁华句　玉殿珠栊叶　白发归来句　昆明灰冷句
　　▲　　　　▲　　　　●▲▲　　　○○●▲
十年一梦无踪叶　写杜娘哀怨句　和泪点豆　弹
●○○○▲　　　　●○○●　　　○●●　　　○
与孤鸿叶　淡长空叶　看五陵何似句　无树秋风叶
　▲○○　　▲○○　　▲●○○▲　　○▲○○

此调前后异段，但结尾六句，却是前后相同，上阕第八句仄仄仄三字句，后阕第八句作仄平平，并且叶韵罢了。前阕起句四字即起韵，次句五言，是首字领句的，以下四言三句，第六句六言，第七句又是首字领句的五言，第八句七言豆句，第九句三言不叶韵，第十句句法，与第七句相同，结句与第三句相同；后阕起句六字，二、三两句，与前阕二、三句同，四、五两句四言，却改作仄仄平平、平平仄仄，与前阕相异，其馀全同。

解连环一百六字　蒋捷

妒花风恶韵　吹青阴涨郤句　乱红池阁叶　驻媚景豆　别有仙葩句　遍琼鳌小台句　翠油疏箔叶　旧日天香句　记曾绕豆　玉奴弦索叶　自长安路远句　腻紫肥黄句　但谱东洛叶　天汉寄虹似昨叶　听鹃声度月句　春又寥寞叶　散艳魄豆　飞入江南句　转湖渺山茫句　梦魂难托叶　万叠花愁句　正困倚豆　钩阑斜角叶　待携樽豆　醉歌醉舞句　劝花自落叶

此调前后段也不相同，但字句互异之处，却在每阕的首尾几句，其馀前阕第二句至第八句与后阕二句至八句，完全相同；前阕起句四字，结尾一首字领句的五言，两句四言；后阕起句六字，结句却是一七言豆句，一句四言，这就是前后相异的地方。

兰陵王一百三十字三叠　史达祖

汉江侧韵　月弄仙人珮色叶　含情久豆　摇曳楚衣句　天水空濛染娇碧叶　文漪簟影织叶　凉骨叶　时将粉饰叶　谁曾见豆　罗袜去时句　点点波

间冷云积叶　　相思旧飞鹚叶　　谩想像风裳句　　追
恨瑶席叶　涉江几度和愁摘叶　　记雪映双腕句　　刺
萦丝缕句　分开绿盖素袂湿叶　　放新句吹入叶
寂寂叶　意犹昔叶　念净社因缘句　　天许相觅叶
飘萧羽扇摇团白叶　屡侧卧寻梦句　　倚阑无力叶
风标公子欲下处句　似认识叶

此调共三叠组成，平仄一定要照本调的规定，不可任意更改，结尾之处，且须用六个仄，末句上两字，一定要用去声，不可用他声的字，特须注意。首阕九句七韵，次阕八句五韵，后阕九句六韵，前后字句绝不相同。按《兰陵王》是人名，与周师战，英雄盖代，三军歌《兰陵王入阵曲》，本词调名，就起始于此。

夜半乐一百四十四字三叠　　柳永

冻云黯淡天气句　扁舟一叶句　乘兴离江渚韵
度万壑千岩豆　越溪深处叶　怒涛渐息句　樵风
乍起句　更闻商旅相呼句　片帆高举叶　泛画鹢豆
翩翩过南浦叶　望中酒旆闪闪句　一簇烟村句
数行霜树叶　残日下豆　渔人鸣榔归去叶　败荷

填词百诀

零落句　衰杨〔柳〕掩映句　岸边两两三三句　浣
○▲　　○○　　▲　　　　▲　○　▲　　　▲
纱游女叶　避行客豆　含羞笑相语叶　到此因念
句　绣阁轻抛句　浪萍难驻叶　叹后约丁宁竟何据
　　　　　　▲　　　　　　▲　　　　　　　▲
叶　惨离怀豆　空恨岁晚归期阻叶　凝泪眼豆　杳
▲　　　　▲　　　　　　　　▲　　　　▲
杳神京路叶　断鸿声远长天暮叶
　　　　▲　　　　　　　　▲

此调也是三叠组成，首阕第四句以下，与中阕第四句以下相同，但首阕第四句作前五后四的九字豆句，中阕第四句是前三后六的九字豆句，但语气贯串，却可以不必拘执。前阕九句四韵，中阕九句四韵，后阕七句四韵，后人有将末两句改作仄仄平平仄仄、平平仄、平平仄三句，实系偏见，不可盲从。

莺啼序 二百四十字四叠　吴文英

残寒正欺酒病句　掩沉香绣户韵　燕来晚豆
○○　　▲　　　　　▲　　　　　　　▲
飞入西城句　似说春事迟暮叶　画船载豆　清明过
○　▲　　　　●　　　　▲　　　　　　　△
却句　晴烟冉冉吴宫树叶　念羁情豆　游荡随风句
▲　　　　　　　　▲
化为轻絮叶　十载西湖句　傍柳系马句　趁娇
　　▲　　　○　▲　　　　　　　▲　　
尘软雾叶　溯红渐豆　招入仙溪句　锦儿偷寄幽素
　　▲　　　　▲　　　　　▲　　　　○
叶　倚银屏豆　春宽梦窄句　断红湿豆　歌纨金缕
▲　　　　▲　　　　　▲　　　　▲　　　　▲

叶　瞑堤空叶　轻把斜阳句　总还鸥鹭叶　幽兰
○　　▲○○　　　▲○○　　　▲○○　　　○○

旋老句　杜若还生句　水乡尚寄旅叶　别后访豆
▲▲　　　▲▲○○　　　▲○▲▲▲　　　▲▲▲

六桥无信句　事往花萎句　瘗玉埋香句　几番风雨
▲○○▲　　　▲▲○○　　　▲▲○○　　　▲○○▲

叶　长波妒盼句　遥山羞黛句　渔灯分影春江宿叶
○　　○○▲▲　　　○○○▲　　　○○○▲○○▲

记当时豆　短楫桃根渡叶　青楼髣髴句　临分败
▲○○　　　▲▲○○▲　　　○○▲▲　　　○○▲

壁题诗句　泪墨惨淡尘土叶　危亭望极句　草色
▲○○　　　▲●▲▲○▲　　　○○▲▲　　　▲▲

天涯句　叹鬓侵半苎叶　暗点检豆　离痕欢唾句
○○　　　▲▲○▲▲　　　▲▲▲　　　○○○▲

尚染鲛绡句　鞞凤迷归句　破鸾慵舞叶　殷勤待写
▲▲○○　　　▲▲○○　　　▲○○▲　　　○○▲▲

句　书中长恨句　蓝霞辽海沉过雁句　漫相思豆
　　○○○▲　　　○○○▲○▲▲　　　▲○○

弹入哀筝柱叶　伤心千里江南句　怨曲重招句　断
○▲○○▲　　　○○○▲○○　　　▲▲○○　　▲

魂在否叶
○▲▲

此调是词中最长的一首，字数固然无出其右，段落也分四叠，比了《兰陵王》等调，还多出一叠，也是创格。此调即在从前，填的人也是很少，不过梦窗几首，与黄在轩一首罢了；因此之故，词中平仄，务须依照本谱，不可任意更改。本词字句虽多，但韵却是用一仄韵到底，并不更换。本词首叠"似说春事迟暮"句的"说"字，宜作平声；三叠"幽兰旋老"的"旋"字应读去声，不可用平声；三叠"泪墨惨淡尘土"的"墨"字，应当填作平声，这却是万红友订正的。填这种长调的词，非有绝大才气，深知音律的人，决不能应付得当；初学的人，若是勉强去凑合，那正如负石趋崖，绝无好处。我将这一调选入，不过聊备一格，使学者知道有此长调而已，并非叫人去学它啊。

撰联百日通

金铁庵

引　言

　　中国的文学，实在太繁复了；除了普通的文字之外，又有诗词歌赋杂曲楹联等许多别体的文字。这许多别体文字的兴衰，虽跟着时代相递遭，但因文人眼光偏向一边的缘故，各体就不能同时整齐的推进，此盛彼衰，变成了畸形。就以诗词而论：它的价值和地位，固属不可磨灭的；然而在某一时期，还被眼光偏向的文人，认为是"雕虫小技"，其馀的更可不必说了。但是诗词呢，毕竟有唐宋各大家的提倡，人家还比较的注意一点；像楹联呢，却因没人提倡而落寞，或许视为文学以外的东西了。如其不信，请看旧籍中甚么诗品词品，诗话词话，不一而足，关于楹联，除笔记中偶然记着一两则以外，又何尝有一小册子的专书，这不是明征吗？

　　楹联我认为也是一种优美的文学，与诗词有同等的价值，是很值得提倡的。我们不应当用欹斜的眼光去看它，使它没落不彰，而终归于消灭，故放胆的编这本小册子与读者相见。或者会有人说："对联是亭台殿阁里的障壁具，婚丧喜庆中的点缀品，何足提倡？"这正是对联受人轻视的大原因。因为大家一向存了这种心理，视为应酬品，就不去考研它。偶然动笔，也就马马虎虎的敷衍过去，甚至于身价自高的人，竟不屑动笔撰联，如此欲使联的地位增高，那自然是不可得的了！惟其如此，我感觉到对联格外有提倡的必要。

我编这本小册子，不敢说是尽善，或是富于搜罗；但却有几个主见。第一是对于初学的人，指示一些入门的途径；使略通文义之人，知道些撰作对联的方法，可以自己动笔，不必请求他人。其次即使自己不能撰作，对于他人所作的对联，至少也能辨别优劣，确定它是否用得。第三便将关于对联的故事，搜罗记录，使读者知道对联在各体文字中的历史。此外再搜罗古今名人所撰的佳妙联语，使读者知道对联的价值，决不是障壁具，绝不是点缀品。

我这本小册子，将对联分为春联、名胜、古迹、寺庙、廨宇、喜庆、哀挽、祝贺、格言、碎锦等类；每类除选取佳妙的对句若干，并在各类的上面，详述撰作的方法，及材料的选择，使读者可以一目瞭然，不至茫无头绪。总之这一本书，是贡献给初学的人，若是当他考据的书看，那就根本弄错，因为学作联是一事，考据是另一事，是不能想混的，读者务须认清。

对联的起源

对联的起源，固然不能定它的时代，但顾名思义，所谓对联者，即是两句或两排的词句互相对偶的意思，照此推求，有对句的时候，大约就是对联起始的时候；这与古诗乐府由民间歌谣转变而来，是一般的。并且古代的民歌及诗篇之中，对句也常常可以见到；不过那一种对句，是纯乎天籁，从不期然而然中流露出来，是偶然的巧对，并不是有意去雕琢成对的，故很多妙趣。像《诗经》"其容不改，出言有章"，"出自幽谷，迁于乔木"，"投我以木瓜，报之以琼琚"等句，都是偶然相对的。又如《击壤歌》"凿井而饮，耕田而食"，《伊耆氏蜡辞》"土反其宅，水归其壑"，也含着天然对偶的意致。至于《木兰辞》中"朔气传金柝，寒光照铁衣"等句，非但意致相对，就是字面也对得很工整，不过纯出自然，绝对不是有心雕琢的。

我们看了上边所举的几个例以后，就可以知道对联的来源，也极悠久；不过在彼时虽有这种从不期然而然中流出来的巧对，却并没有对联的名称。自从律诗盛行之后，规定了项联、腹联务须对偶以后，诗中的对句，却从自然而入于雕琢了，因此就有了"琢对"这一个名词。故在唐宋人诗稿中，实在有多量佳妙的对句，文学中人，往往因爱好这种佳妙的对句，有时兴至，便题在壁间，或写在纸上张贴，这就是对联的肇端；但还是截取诗中的对句，尚非独立的对联。至五代时蜀主孟昶题桃符板二语，对联才离开了诗而独立。

在这里我们可以知道对联是起源于有律诗的时候，完成于五代了。在五代以后，撰作对联的人，也渐渐增多，名家的作品也渐渐的流传出来，如苏东坡、楼大防、洪平垒、赵子昂等名人，也都有对联之作（详见对联的故事中）；不过他们所作的对联，还是依题桃符板的旧例，就是后人称为春联的一格，固不及其他。吴越时僧契盈以"三千里外一条水，十一时中两度潮"两句，题碧波亭柱上，这才是楹联的起始；后来庙宇、名胜等处，往往都有楹帖，实是契盈的首创。降至元明之世，又演变了，凡婚丧喜庆等事，也往往有人用对联来做挽弔颂祝的礼物，就成为一种应酬的文字，以致受人的轻视。但这种酬应的对联中，也并非没有名作，不过肤泛的多，佳妙的少，相形之下就失了它的价值。至于现在，那春联、楹帖等，反没人注意，都趋向于哀挽颂祝的一途，就是婚丧喜庆之家，也几乎非有此点缀，不足炫耀乡里，宜乎对联一道，要江河日下了！

对联的故事

对联创于五代时蜀主孟昶题桃符板,我上节已经说过,现在不妨先谈谈桃符。苏东坡诗"老去怕看新历日,退归拟学旧桃符",这可知桃符的制度极古;究竟桃符是怎样一件东西呢?照《荆楚岁时记》所载:"门旁设二木板,以桃木为之,而画神荼郁垒像以压邪,谓之桃符。"按当时桃符是普遍于民间的,能画的固然画上两个神像;不能画的,就将神名分写二木板上代替。这种桃符,是每到新年,必须更换的,故俗对于新年有"桃符万户更新"的成语。

桃符的故事如此,那么后人为甚将春联也称做桃符呢?这事就是起于孟昶。按《蜀梼杌》载:"蜀未归宋之前一年岁除日,昶令学士辛寅逊题桃符板于寝门,以其词非工,自命笔云:'新年纳馀庆,嘉节号长春。'"后蜀平,朝廷以吕馀庆知成都,长春是太祖诞节名,此在当时为语谶,实是春联的创始。

自此以后,桃符板上,除了普通人仍画神像或仍写神荼郁垒名字外,那须〔些?〕读书人就各出心裁,题上两句对语,尤其是著名的诗人,每人总有几联传颂的佳作,现在且略摘几节在下面：

《墨庄漫录》云："东坡在黄州，一日逼岁除，访王文甫，见其家方治桃符，公戏书一联云：'门大要容千骑入，堂深不觉百男谨。'"

《困学纪闻》云："攻媿先生书桃符云：'门前莫约频来客，坐上同观未见书。'"按攻媿先生系四明楼大防。

《稗史》载："宋洪平叁新第后上史卫王书，自宰相至州县无不指摘其短，大略云：昔之宰相，端委庙堂，进退百官；今之宰相，招权纳贿，倚势作威而已；凡及一联，必如上式，末俱用'而已'二字。时相怒之，十年不调，洪自署桃符云：'未得之乎一字力，只因而已十年闲。'"

《坚瓠集》载："赵子昂过扬州迎月楼赵家，其主求作春联，子昂题曰：'春风阆苑三千客，明月扬州第一楼。'主人大喜，以紫金壶奉酬。"

《金陵琐事》载："太祖尝御书春联赐中山王徐达云：'始余起兵于濠上，先崇捧日之心；逮兹定鼎于江南，又作擎天之柱。'又一联云：'破虏平蛮，功贯古今人第一；出将入相，才兼文武世无双。'"

《簪雲楼襟说》云："春联之设，自明孝陵昉也；时太祖都金陵，于除夕忽传旨，公卿士庶家门上，须加春联一幅，太祖亲自微行出观，以为笑乐。偶见一家独无之，询知为阉豕苗者，尚未倩人写耳，太祖为大书曰：'双手劈开生死路，一刀割断是非根。'"

照着以上所举的几节看来，在当时的对联，是偏重于春帖的。这种春帖，也随各人的境遇和地位，而发他心中所蕴蓄，与诗词却有相同的旨趣。至于春帖以外的对联，像寿联之类，也有几件小小的故事，现在把它写在下面。

梁茝邻《楹联丛话》载："吴越时龙华僧契盈，吾闽人也，一日侍忠懿王游碧波亭，时潮水初满，舟楫辐辏，王曰：吴越去京师三千里，谁知一水之利如此！契盈因题柱云：'三千里外一条水，十二时中两度潮。'时人称为骈切。"

又载："朱子于绍熙五年筑沧州精舍，时年六十有五矣，自书一联云：'佩韦遵考训，晦木谨师传。'"这可是楹联的权舆，今日园林寺宇的对联，实从此蜕化而来。"

孙秀昭《示儿编》载："黄耕叟夫人三月十四日生，吴经叔作寿联云：'天边将满一轮月，世上还钟百岁人。'又周益公生于丙午七月十五日，魏仲先寿联云：'生与潞公同丙午，日临莱国占中元。'"这是后来寿联的滥觞。

《野获编》载："张江陵盛时，有送联谄之者云：'上相太师，一德辅三朝，功高日月；状元榜眼，二难登两第，学冠天人。'"这是在春帖、楹联之外，专用歌功颂德的笔墨，以献媚于权要，以冀博其欢心的，实在毫无价值，不过今人谄谀的对联，实是肇端于此，我们也当该知道的。

我们看了以上几个关于对联的小故事，也可知对联的变迁和过去的历史；但是此类的事，古往今来，不一而足，这里也记述不尽许多，容在各本节再行详述。故事就此结束，不妨再来谈谈对联的本质。

对联的本质

诗词是优美的文学，这句话大家都公认的。对联的起源，本是从诗词中脱胎而出的，并且也可以说是诗的缩影，那末我们自然也不能不认也是优美的文学，当用平均的眼光去看他，切不可蹈偏向的恶习。

对联除了人事应酬以外，大概要算园林名胜之区为最多，这是甚么缘故呢？因为凡园林名胜之区，无论如何，总多少含着美的成分，或者是天然的美景，或者是人工的美术，虽其美的焦点不同，但终脱不了美的范围。爱美是人的天性，于是凡到这种园林名胜游玩的人，忺〔忻〕赏着优美的风物，触动着爱美的心灵，除了不通翰墨的人以外，免不了要将胸中的蕴蓄发出来，或写几句诗歌，或撰一二联语，既足以发个人的心灵，又可以替园林生色，故园林名胜之区，对联是独多的。这也许可以证明，对联确是优美的文学，与诗词有同等的价值。

此外凡寺庙古迹之区，也很多可诵的对联。这是因为文人——或简直说是诗人，——大概都富于情感，怀古伤今，是免不掉的事，不触其机，这些情感，沉伏在胸中，倒还安稳；若是一触其机，必然奔腾而出，再也按捺不住。寺庙多前代过去的史迹，古迹尤多故时英雄豪杰、美人名士遗迹，富于情感的人，对了这一切的一切，或者是凭吊前贤，或者是自伤身世，他胸中的蕴蓄，又会不期然而然发抒出来，写成佳妙的联语，非但尽弔古的能事，还可以将自己的身世，诏示后人。这一类的对联，虽不完〔全〕是审美，但究竟因情感而发生，从心灵中流出，也脱不了美的成分，决不能视为寻常的文字。

舍了以上的两种，当然要算庆贺哀挽的对联最多了。这一类的对联，肤泛无味的，固然很多，但佳妙的也未尝没有，这须是人与人的问题。与我们没有直接关系，或竟是素昧平生的人，全凭了一纸寿启、哀启，要作寿联、挽联，除了拿他的事迹铺排一番，加几句歌颂的话以外，没有别的办法，这固然是万年做不好的，这种联非但失其价值，简直可以不当他是联。若关系深切的亲族师友，以及其他，彼此相知既深，情感既洽，不论是撰寿联或是挽联，自然字字从心灵中流出，不致蹈肤泛的弊病。记得俞曲园挽妇联云："四十年赤手持家，君死料难如往日；六旬人白头永诀，我生谅亦不多时。"这是何等凄婉动人呢！故通常肤泛的应酬联语，固然讲不到文学；若像俞曲园这一类的联语，非但是文学，并且是美的文学，我们却当辨别，不能一例视为没有价值。

至于春联，以及其他一切的春〔对〕联，也都是随着个人环境的不同，而异其旨趣的，也就是从各个人心灵中流出的真话。在这里，我们就可以根据以上所述各节，而确定对联是优美的文学，与诗词有相互的关系，相同的价值，应当用平等的眼光看待，切不可因噎废食的。

对联的体致

对联与诗词的本质，确实相同的，但是体致却绝不相同。体致是表面的形式，诗固然有古、近之分，词又是每一个有一调的形式，都有一个专名去规定它。对联却是不同，既没有古、近的分别，也没有专名的规定，除了限定字句须对偶工整以外，其馀句法长短，字数的多寡，完全没有限制。最少的是两句一排，每句四字或五字；最多的竟有数十句做一排，其中三、四、五、七言句，完全都有。拿字数来说，每联最少八字，最多数百字，这全看所拈的联题，以及撰联者的才力而定了。

对联在起始的时候，我敢断言是决没有长至数十字或数百字一联的：因为历观五代宋元诸家所有的春帖楹联，大都是五七言对句，长联是不可搜寻的。长联的起始，当在明洪武以后。这也不是我妄加肯定，其中却也有一个来由：明太祖自用八比文取士之后，当时的文人，不识他的阴谋，群趋此途；这八比之中，就有两比规定要排对的，一比文字，固然非三言两语所能尽，因此就有了十数句或数十句排对的一种方法。以后的文人，撰起对联来，也袭用八比的成法，一句意不能尽，就加上一句或两句，变成较长的对联，如上举诒谀张江陵的一联，就是这一类了。更有一班自矜才大的人，竟不惮心力，去撰那数十句、数百句的长联，自以为才气过人，足以压倒时流，其实不过如字纸篓一般，那那〔拉拉〕杂杂，兼收并蓄罢了，有甚么意味呢！但也有真正大才气的人，因种种关系，不能三言两语尽其事，必不得已而作长联，自然也会有佳妙的作品，不过这千百中的一人，实在不容易得到的。我们试将各处的联去仔细一读，必觉贴切煅炼的少，而肤泛辞费的多，可以证明我以上的说话。

但是作长联的风尚，自明历清，经过那一班八比老师的提倡，无识文人的盲从，流毒之深，无可遏止。平心而论，与其冗长而辞费，不如简洁而煅炼；与其费了九牛二虎之力，做不讨好，又何若轻描淡写的来得干脆呢？

我们须知道，无论作哪一类文字，都以自然为主；尤其是美术文字，更重自然，必须因情感而发生，从心灵中自然流露出来的，方是上品。若是过分刻划，一味做作，心灵和情感都被掩没了，如何还作得出佳妙的作品呢？对联是优美的文字，自然也跳不出这一个公例。长联非绝对的不能作，但不必强求，务须合于上述的条件；若果真是因情感之所触而从心灵中流出来的，就是长至数十句数百字，也不足为害，人家读了，也觉得绝不能截去一句，或减去一字，这种长联，自然佳妙。若是拾在篮中就当菜，不问好歹，兼收并蓄，惟长是尚，就是费了一生精力，堆垛了无数古典，做成数千言的长联，也徒然取厌于识者，其价值也不过同臭八比一样罢了。总之做长联的人，非有真挚的情感，奔放的才气，绝大的学问，决不能应付裕如；若自审不合上述的三种条件的人，还是藏拙些，将就些，不必贪多务得的去做长联，弄到如俗语所说"顶石臼做戏，怯力不讨好"的结果。

对联的句法

对联的体致，固然没有规定，上节已经说过；即是每一联中的句法，也没有严格的规定，很是自由，三、四、五、六、七言的句子，由作者信笔写来，只要上下联字句整齐，字意对偶，就算是了。其中单句的对联，大约最少是四言，最多是七言，其句法完全与诗句无异，尤其是五七言对，更像诗中的对句。不过律诗通首共八句，故项、腹联虽系对句，却是其中的一部分，并不须该括全题；单句对联却只有两句，务必将全题该括在内，不能用局部的意思去撰作，故对于句法的煅炼，极须注意。

无锡双忠祠有一联云："国士无双双国士，忠臣不二二忠臣。"西湖岳王墓有一联云："青山有幸埋忠骨，白铁无辜铸佞臣。"这都是单句的对联，寥寥十四字，竟是贴切不移，道破千古，句法是何等的简洁明净，这种对联，若非煅炼功夫到家的人，又哪里做得出呢？故撰联句，最大的条件，就是句法的煅炼。我们要达到这境地，须视平日的学养，和天资的慧钝，但多选名作，加意揣摩，也未尝不是炼句的一助。

至于那不止一句的对联，虽范围比较单句的来得广大，有些腾挪的馀地，但其造句，也终以简洁明净为要，肤泛的辞费，固味同嚼蜡，堆垛雕琢，又觉拖泥带水，都无是处。这正如美人的美，必出天然，决不是矫揉造作所能变美的；胭脂粉黛的修饰，不过点缀而已。若那些粗黑奇丑的人，你就用千百斤的胭脂粉黛去涂抹她，她的结果，依旧是不美，不过徒然耗费胭脂粉黛罢了。撰联的立意造句，正如美人的本身，辞句的藻饰，正如胭脂粉黛的点缀美人；若是立意、造句不佳，徒然用字面典古去堆垛，正如麻子妇人搽粉，非但不能掩其丑，反而益增其丑，终于没用的。

蜀中姜伯约祠联云："九伐竟无成，心师武侯，能继祁山六出志；三分不可恃计诛邓艾，已复阴平一败仇。"扬州梅花岭史忠正公墓有联云："殉社稷只江北孤城，剩水残山，尚留得风中劲草；葬衣冠有淮南坯土，冰心铁骨，好伴取岭上梅花。"又明季南都破时，江阴阎典史孤城死守，月馀始殉难，其祠中有联云："七十日带发效忠，表太祖十六朝人物；三千人同心赴义，存大明一百里江山。"以上这三副对联，哪一联不是字字煅炼，如范金铸成，岂可擅更一字？就是运典之处，也都俯拾即是，如天衣无缝，绝对没有一些儿造作。

我们在造句煅炼之外，对于每句所用字数，也当该下一番研究功夫。凡连缀的句子，字数固然没有限定，但也当斟酌尽善，不可含糊。就字数说，各句务要参差，始觉灵活有致。像上述史墓一联，上下联各十九字，却分成三句，首句八字，次句四字，末句七字，因每句的字数参差不齐，越显出辞意婉转，音调悲凉。若是一联四句，每句都用四字，固然比较整齐，但任是如何别出心裁的做去，总跳不出"呆滞"二字的范围。我们于此又须知对联除单句的以外，是不以整齐为美，而以参差为美，与词却有关切之处，不过越是参差，却也越不易做。

讲到联语参差的句法，表面看来，似乎漫无限制，可由作者自由写作，但无形之中，也有一种小小拘束，撰联的人，也跳不出这一个门槛。这一种拘束，就是平仄与声调，若是生硬拗涩，也是不会达到佳妙的境地的。

对联的声调

　　凡美术的文学，不论是诗词歌曲，对于声调一事，都是十二分注意的；因为富丽的词句，若没有优美的声调，就不足以济其美，或且损失它原有的价值。具有整齐的美的文字，声调固然要讲究，可是具有参差的美的文字，如词曲之类，对于声调，格外要讲究；对联也是具有参差美的一种文字，故对于声调，也应当格外注重。

　　好鸟的鸣声，和音乐的节奏，是最容易引起人们的情感，它所以能如此之故，也正因为声调的优美。那末欲使声调优美，应当用甚么方法呢？最要的一点，就是和顺；无论是鸟鸣，是音乐，但能发音和顺，就可望达到优美的境界。文人们作美术的文字，声调是一定要讲究的，那自然也跳不出"和顺"两字的范围。

　　对联之与声调，却也有极重要的关系，无论它是悲楚、雄壮、激越、清丽、哀婉，格调虽然不同，但每种都各有其声调，并且也自有和［顺］。我们讲究声调的不二法门，就是驱使平仄字眼，使用得能适当，则音节自然和顺了。每一句中，字数无论多寡，须平仄声的字，间杂互用，或如诗句，或如词句，读来务须顺口，即数十字的长句，也能一气到底，中间并无丝毫扞格之处，那就好了。若是每句之中平仄声支配得不停匀，或多用平声字、多用仄声字，或连叠几句字数相同、平仄也相同的句子，读起来就觉拗涩异常，不成声调了。

声调这一件事，若是仔细分析起来，万言犹恐不能尽，这只好让考据家去详究，初学的人，大可不必去孜孜研求；不过在造句之时，对于咬字需要正确，既认明了各字平仄以后，在用心去支配一下，只要所作的句子，读上去流利清顺，每遇到句法连缀之处，没有扞格不入的弊病，那就可以过去了。至于作出来的联语，究竟声调是悲楚或清越，这虽说是从支配平仄而异，但一半也是跟着作者的胸襟而变迁的，或所取材料而更易的，决非单凭支配平仄而能奏效的。

像武侯祠联云："梁父吟成高士志；出师表见老臣心。"观音大士祠联云："泡影乾坤，妆成宝相；色香世界，幻出空花。"这都是清雅淡远的。像韩文公祠联云："起八代衰，自昔文章尊北斗；兴四门学，即今俎豆重东胶。"如长沙屈、贾二公联云："亲不负楚，疏不负梁，爱国忠君真气节；骚可为经，策可为史，经天行地大文章。"这两联又觉得雄浑沉着了。如史阁部墓联云："心痛鼎湖龙，一寸江山双血泪；魂归华表鹤，二分明月万梅花。"汤阴岳庙联云："千秋冤狱莫须有。百战忠魂归去来。"这两联就悲楚激越，令人悽恻。以上所举，不过大略，聊示一例，以资参考罢了。初学的人，如能广选古今名人佳妙的对联，不论长短，汇集在一处，加意揣摩，到了熟极而流的时候，撰作联语，也定能得心应手，声调不期然而然的趋于和顺一途，不至于发生那格格不入之弊。

　　欲使声调有抑扬顿挫之妙，除了调遣平仄，使停匀得宜之外，用字也须注意，每字的音义，都可以分出清浊明晦，句子里面，用了意思暗晦，或用得不达的字，那一句句子，必然晦涩难解，一字之差，足以使通首的意思受害；若用了声音暗哑，或与句调相拗的字，那句句子，读起来定然吉〔佶〕屈敖〔聱〕牙，完全不成声韵。故用字不论是音是义，晦涩暗哑的字，必须避去不用，一定须检那显明响亮的来用，那末纵然是初学的人，不善调遣平仄，也易于达到和顺的目的。

对联的定格

我所说的定格，就是属对的各种方法。照表面看来，这种定格，似乎极其简单，用不着多费笔墨去说明的。以字的声音说：大不了是平对仄、仄对平，平平仄仄对仄仄平平；以字的意思说：也不过是红对绿、天对地，莺鸣幽谷对鱼跃深渊罢了。这不过是肤浅之见，若仔细去推求，方知舍此之外，还自有其定格，并且还不止一两种，虽没有诗词那样复杂，初学撰联的人，也不容不有相当的认识。

对联，有借对、嵌字、流水、叠字、集句、蝴蝶、自对、折腰等格局，这是属于正的；此外游戏之作，又有无情对、隐语对等等，也是很多，若不详细说明，初学的人，一定不易明瞭，虽有妙旨，无从领略，自己做起来，也无从触动灵机，引为助益，我故不惮辞费，将各种格局，分别详述如下，使初学的人，有个参考。

一、借对格举例

借对法是死法活用的技巧，是撰联者必须具有的条件。因为单就红对绿、青天对白日的老例，呆板异常，若是执而不化，哪里想做得出佳妙的对联呢？这必须注重于活用，借对就是活用的最妙方法，能得这一个诀窍，撰起联句来，自然不患枯窘了。如"杖头悬古月，屐齿印新霜。""屐齿"是一个名词，在理也应当搜个名词来作对才好，现在竟用非名词的"杖头"二字作对，虽是以虚对实，可是字面上却甚工致，意思也极贴合，这就是借对得妙；若另行换上一个名词，反觉呆滞无味。又如"一池金玉如如化，满眼青黄色色真。"这一联"一池""满眼"，固然不必去说它，"金玉"是实物，"青黄"是虚名，"如如"完全是虚字，"色色"二字却在虚实之间，如将这些字提开了，任是如何也对不过的，现在连成了单句，非但不觉它对不过，并且反觉得生动有趣，这正在善于借对。其馀因借对而佳妙的联句，一时也写不尽许多，初学的人，如能随地留心采择，加以揣摩，也不难尽得其妙。

二、嵌字格举例

嵌字的对联，或者将人名，或者将店铺名，分嵌在一联之内，嵌在第几字，固属没有限制，但上下却要相对的，往往有两个不相干的字，经过名手的组织，嵌得四平八稳，天衣无缝，并且若不说穿，人家一时看不出是嵌字，这才佳妙。若是硬嵌，人家即一望而知，且不免扞格之病。如嵌"小青"二字联云："小草有心荣绮陌，青山无语立斜阳。"嵌得贴切流利，若不说明，谁会当它是嵌字联呢？又有嵌"凤金"二字联云："名士风流依彩凤，英雄迟暮感黄金。""凤金"二字，联至一起，其俗不堪；现在分嵌在两句之中，非但不觉其俗，并且有变化融合之妙，这在嵌字联中，可称是上乘的作品了。作嵌字的联句，第一要运用自然，若是硬堆硬砌，决定得不到佳作的。

三、流水格举例

流水对在律诗中本来也是有的，就是两句的字意，一气贯注而下，中间并无间断，如同流水一般，故有这一个名目。这流水对极不易做，在前人诗中所有的流水对联，也都是偶然而来，并不是硬劲去雕琢的，故有自然的妙趣。如："沧浪千万里，日夜一孤舟。"又如："江客不堪频北望，塞鸿底事又南飞。"这都是纯出自然，绝无牵强的。曾见白莲庵池亭有一联云："生成雅淡孤高骨，肯作风流时世妆。"也很切合，不过细观句法，好像在律诗中截取而来，因为用现成诗句做楹联，也是很多的。只是这种流水对联，必须无意中露出的才有妙趣；若是一心一意去模仿这种体格，不免蛇足了。

四、叠字格举例

用叠字对联，也绝对是自然的，否则必落于纤巧做作的一途。叠字有一句中仅叠一、二字，有一句中连用数个叠字，甚有一气连叠而下的。但只叠一、二字的为多，用数个叠字或一气叠下的，到底是少数。这叠字句，却是滥觞于李清照《声声慢》词："寻寻觅觅，冷冷清清，凄凄惨惨切切！"的几句。西湖花神祠有一联云："翠翠红红，处处莺莺燕燕；风风雨雨，年年暮暮朝朝。"却也是自然佳妙。更有"听雨雨住，住听雨楼头，听雨声，声滴滴；观潮潮来，来观潮阁上，观潮浪，浪滔滔。"因为字数叠得太多之故，终觉欠自然的风趣。记得江边佛寺门联云："空空色色无彼此，往往来来自古今。"倒觉自然有致，绝无斧凿痕迹。总而言之，这种叠字的句子，出于偶然巧合，固属另有风趣；若必硬生生云仿傚〔做〕，那正是东施效颦，无一是处，大可不必。我所以略举数联来作例，也并〔不〕是叫人一定去学他，不过聊备一格，使初学的人，知道对联中有这么一个方法罢了。

五、蝴蝶格举例

以上所举的几个例，大概长短的对联中都用得到的；还有短句中用不着而单用于长联中的几个定格，像蝴蝶格等就是了。凡系较长的对联，自然不止一句，于是分作两排，称为上联、下联，上、下联的字数，自然是完全相同的，不过平仄适是相反。这两排好像是蝴蝶的两翅，天生对偶的，故就称为蝴蝶格。唤〔换〕一句说：这蝴蝶格就是长联最普通的一种方式，并没有甚么特异之处的。如观音祠联云:"真实不虚,大慈悲度一切苦厄;意识无界,空色相现五蕴光明。"又如清江浦禹王台联云:"洪水想当年,幸怪锁洪湖,十万户饭美鱼香,如依官〔夏〕屋;清时思俭德,祝神来清浦,千百载泳勤沐泽,共乐春台。"这两副联句,都是蝴蝶格,也就是长联的正格。初学的人,只要将句法、平仄等事,弄清楚了,不妨依照此例写去,自然不至于不通顺了。

六、自对格举例

长联除了上述的正格之外,还有不少别体,这自对格,就是别体之一。何谓自对呢?就是每联中有几句各自为对,上下联虽分成两排,这自对的句子,上下却并不互对,各做一排,这就叫各自为对。譬如上联起手是两句四言或五言,照规矩下联的起手两句,就该对住上联,现在却并不如此,上联的第二句与本联第一句自对,下联第二句,也和本联首句自对,似乎各自独立。不过虽是各自为对,上下的句法,却还须关合,如祝寿联云:"距花朝五日,开萱寿八旬,吴下刚翻新菊部;酌春酒三杯,披仙衣一品,怀中行抱小兰孙。"起首两句,都是自对,但上下联造句的方法是相同的。又有祝人八十寿辰的联云:"萱花不老,芝草有根,已见一堂罗五代;八秩初开,百龄将届,好从首夏祝长春。"这也是将"芝草有根"自对"萱花不老","百龄将届"对"八秩初开"的。若将下联首句

"八秩初开",去对上联"萱花不老",下联次句"百龄将届"去对上联"芝草有根",那是万万对不过的。

这种各自为对的方法,在长联中是很多的;不过一排必须有了许多类似的意思,然后一气贯注而下,才能得到各自为对的妙趣,若是牵强的去黏合附会,也终于叠床架屋,没有是处。这种各自为对的句子,大约用于首尾的为多,用于中间的却是很少,初学的人,只要多选佳联,细加研究,自能得到其中的妙趣,循上例推求,那末自不会弄差定格了。

七、折腰格举例

自对法之外,还有折腰的别格,这一体甚是少见,并且寻常的短联是不能用的。何谓"折腰"呢?就是将每联截作两半,上半用自对格,另加一单句,意致与自对的二句相连属;下半却用蝴蝶格,使上下互对,如此则每联的中间,俨然分为两截,腰间折断,故名为折腰格。这种定格的名目,想也是后来人附会而定的?在前人或者于无意之中,做到了这一类的联语,并不是先有了定格,然后按格模仿的。如关庙云:"汉封侯,晋封王,有明封帝;圣天子可谓厚矣。内有奸,外有敌,中原有贼;大将军何以待之。"此联上联前二句意思固对峙,字面却也不尽对,下面却又加上"有明封帝"一句,意思虽然连属,句法却是独立。下联前三句也是如此,并且字面也不能与上联前三句相对；只有末句"圣天子可谓厚矣"，与"大将军何以待之"是上下互对的，此联是折腰体的正格。我们若将此联细细玩读，它的辞意是一气贯注而下，不过属对的方法变换了些，也是出于天然，并非有心要做这种格式的。若是先有了规定的格式，然后再依样葫芦的去摹拟，就算做得好，也决不会如此自然的。初学的人，对于这种格式，知却不可不知，但是做却不必一定去做它。因为做正格不成，如刻鹄不成，尚可类鹜；若做这种别格不成，竟是画虎不成反类犬，又何苦多费心思去讨这没趣呢？

八、集句格举例

此外还有集句的联语，也是自成一种风格。此种联句，大概单句的比较来得多，长联却是很少的。因为集句格是将古人文章诗词中的句子，摘取下来，集在一起，用来互对成为一联；即是单联，欲求其巧合，已属不易，若再冗长，那自然是难而又难了！但那些聪明的文人，往往独运机心集取古人的名句，凑成绝妙的对联。

集句格对联而欲佳妙，是很不容易的；因为截取两人的作品，口气固然随性格而异，不能融成一片；就是截取一人的作品，也往往因题材的关系，不能连作一气；或者意思虽已融合，字面又对不过去；或者对是工整无疵了，却又不切题；种种问题，都足以掣肘的。故作集句的联句，第一要对于古人的诗文烂熟于胸，然后可以随时取用；其次须有灵巧的心思，然后可以将材料支配得停匀。若是书本不熟、心思钝拙的人，还是不做这一类联语的为妙。如武则天祠联云："六宫粉黛无颜色，万国衣冠拜冕旒。"非但对仗工整，如出一手，就是辞意也极精微入妙，但上句是白居易的诗，下句却是王網〔輞〕川的诗，这可算陶融入化了！又有集句联云："举杯邀明月，荡胸生层云。"上句是李青莲的诗，下句是杜工部的诗，用作书室楹联，也甚工致。又西湖某茶肆，有集苏东坡诗为联云："欲把西湖比西子，从来佳茗似佳人。"也是匠心独运，妙趣环生。

又《雨〔两〕般秋雨庵随笔》载："伊犁有过复亭，盖为谪宦而设"，刘金门宫保过之，题一联云："过也如日月之食焉；复其见天地之心乎？"上句集自《论语》，下句集自《易经》，也浑成可爱，并且还将"过、复"二字嵌出，若非熟读各书的人，如何做得出来呢？又有全集《四书》中的句子，替典当做成一个长联云："以其所有，易其所无，四境之内，万物皆备于我。或曰取之，或曰无取，三年无改，一介不以与人。"这一联既俯拾即是，极尽自然，又贴切典当，别具思致，若未曾读过《四书》的人，谁会当它是集句？我恐怕就是凭我的心思，别撰一联，也没有这般熨贴，莫说是集句了！初学的人，欲做集句联，除了多读诗书之外，是没有别的方法的，不然还是不必妄想的为妙。

九、无情格举例

属于游戏的对联，也很有几种别格；无情对，就是其中的一种。何谓"无情对"？就是拈取绝对不相类的一种事物来作对；譬如好好一个人名，却偏去寻一个药名，或其他一种不相干的名词来对偶，不去管它整个的意思如何，但求字面对得工稳。这种无情对，都是那些心思巧妙的文人想出来的。对得好的，真是想入非非，奇趣横生，有不可思议的妙境。

记得清代熊伯龙放江南主考的时候，有一个十三岁的童生，文章做得极好，主考有些不信，便当面覆试，取"狮子狗"三字，命童生属对。那童生不暇〔假〕思索的答道：对却对就了，只是不敢说。主考催迫得紧，他才说道：就对大总裁的官名。原来"狮子狗"对"熊伯龙"，照字面而论，却是贴切不移。又张南皮与友人同游"陶然亭"，偶然兴到，便向友人说道：这个亭名，倒不大易于属对，友人脱口而出道：就拿大名"张之洞"三字作对，岂非天造地设么？南皮也连连称妙！又一位姓李的先生将"庭前花始放"五字，命学生对，学生一时对不上，恰好李先生的一位朋友跑到，一见上联，便援笔写上"阁下李先生"五字的下联，字面也工稳无比。相传张南皮也有"树已千寻难纵斧。果然一点不相干"一联，也俯拾即是，绝无牵强。

近人有将"花柳病"三字对"梅兰芳"的,字面固然工整,但用意却又在言外,终觉谑而近于虐了。这种无情对,偶然游戏,固无不可,如当筵谈笑、山水闲游的时候,忽然想着一个无情对,那是很足以助兴,而打破寂寞的。若动不动就做无情对,终觉纤巧刻薄,有伤风雅,甚或因此开罪于人,也是有的。这种无情对,虽然是游戏之作,下笔时也当注意,切忌过分刻薄,过分秽媟,总要俗不伤雅,有幽默的趣味,那才是上乘。

十、拆字格举例

除了无情对之外,还有一种拆字格,就是将一个字或几个字拆开,组织成一副对联。这种对联,极不易做,非具有玲珑剔透的心思,于偶然的感触,绝对不会有佳作的。

这拆字一格,讲起来源流很远,宋代王安石早就有"水骨为滑,水皮为波"的话头,这就是拆字格的起始,但当时并不曾组成联语罢了。近代文人,在文字之馀,偶有所触,便用此格来撰联,也觉甚有趣味,别树一种风格。

记得从前有一个吴省钦做学政,他是个眇目者,贪婪无厌,不讲文章的优劣,只问金钱的多寡,因此众怨沸腾。有某名士撰一联云:"少目焉知文字!欠金那得功名!"这一联非但将"省钦"二字拆开,凑成讥讽的妙语,并且还将他眇目形容出来，因为"少目"二字横拼起来，便是一个"眇"字，妙语双关，得未曾有。又有一联云："棗（枣）棘为薪，截断劈开成四束。阊门起屋，移多补少作双间。"这不过是将"棗棘"二字，拆为四个"束"字，"阊门"二字拆成两个"间"字，并无甚么深意含蓄，并且棗、棘是两件东西，阊门是一个名词，就算是借对，也觉得勉强，这一联没有前一联的自然而有寄托了。

总之这种拆字联语是可为而不可为的，就是做得好，也不过博一个心思巧妙的赞语，引发人家一噱而已，终于不登大雅之堂的；若是做得不好，固然得不到人家的同情，并且白费了许多心思，反弄到个画虎不成反类犬的讥诮，也觉是不值得。尤其是初学的人，撰联的经验没有充足，若是矜奇好异，去做这一类的对联，七拼八凑，固然费了不少心力，结果还是四不像，贻笑于大方。我所以举此一项，不过聊备一格，使人家知道对联的格式中，却有这么一种游戏的方法；并不是一定要叫人家依样葫芦的去学它，读者们应当知道这个主旨。

对联的分类

　　对联的定格，即如上节所述，初学的人，对于定格弄明白了，入手撰联，也就容易。但是对联的为用，各各不同，或因时地而变，或因题材而异，就此分出许多门类来。那末撰作对联的人，也就不能执守了一种方法，去做各类的对联；自然也要因时制宜，方可以胜任愉快。譬如木工的成器，做方物有方的法子，做圆物有圆的法子，所谓各有法度、各依规矩是了！如做圆物却用方的法子，做方物反用圆的法子，这非但做不成器，并且会将很好的材料都弄糟了。木工的成器是如此，文人的撰联，也是如此，这是一定不易之理啊！

　　对联的分类，若要详细分起来，也极繁复，我们却不必惟繁是尚；可就最紧要而最切实用的，分成几大类，详细说明每类的撰作法，使初学的人，容易明瞭，容易实习；至于欲再详求，待知道了我所述的种种法则以后，再追溯上去，也还不迟。

　　我的分类是第一春联，因为对联的起源是春联，故列之于首。第二是古迹名胜联，因为这一类的对联，含有历史的价值，和优美的意味，也可算是对联的正宗，故列之于次。第三是祠庙廨宇联，这一类的对联，或与历史有关，或寓劝惩深意，于风化人心很有关系，故列为第三。第四喜寿联，这一类的对联，虽是应酬之品，但现在时代是通行的，人情往来，是免不掉的，故列为第四。第五是哀挽联，这一类的联虽也是应酬品之一，但比喜寿的对联，似乎稍为近情些，泛泛者不大用得着，故列为第五。第六是祝贺联，这是指普通祝贺而说的，为商店开市，人家新屋落成等事，也是极繁的应酬，故列为第六。第七是格言联，这一类对联，是采取古今的格言，组成联句，最合于人家厅堂书斋的悬挂，故列为第七。第八是碎锦联，这一类对联，并不分别其内容，凡是巧联谐联，以及种种富有趣味的对联，都归入碎锦之内，可以助人茶馀酒后的谈资，故列为第八。

我既将对联分成以上八类之后，若像坊间所刊行的楹联册子一般，只选几副联句就算完事；那末初学的人，对了它依旧得不到一些益处；不惮辞费，将每一类的撰作法，先行说明，使学者有个上手的发端，并且每类引一个或数个例子，使学者格外容易明瞭；末后所附的"对联选粹"，也照此分类之法，可以互相对照。现在且将各类对联的撰作法，分别详述于下，以资初学者的参考。

一、春联的撰作法

春联是从桃符转变而来的；考桃符的所以写神荼郁垒

两神名，无非是压邪纳吉，春联既是桃符的变相，虽不必取这种迷信的态度，但多少总要带些吉祥的口吻，以为献岁佳谶。但是吉祥的字句极多，若是普遍的用来，那就囫囵吞枣，毫无意味，也须注意于选取材料。第一要运用得当，切合身份。譬如读书人家的联语，决不能移向商店、农家，剃头的联语决不能用之于浴室，这是一定不易的。并且口气过大，就落于狂妄；口气过谦，易落于卑琐，必须恰如其位，方才佳妙。记得曾湘乡的封君有一春联云："看儿辈整顿乾坤。任老子婆婆〔娑〕风月"，这种口气，非曾老封君的身份，又如何当得呢？又金峻山为浙江儒学提举，写春帖于山居云："官居东阁图书府。家住西湖山水间。"也能恰如身份。故撰春联，应当注意及此；就是遣词立意，也要大方洒脱，切不可过于拘泥，及流入于纤巧之途。若以粗犷为豪放，以凶语为旷达，那就失了温厚和平之旨，而不足为训了。

二、古迹名胜联的作法

撰古迹名胜去处的对联，那就与撰作春联的方法，完全不同了。所谓"古迹"，必含有历史性，无论关于人的，或是关于事物的，总跳不出这一个范围，那末我们要撰述一副对联，必须将这古迹的历史，先行弄清楚了，然后着笔，方不致会错误。作这种对联，其主要的条件，脱不了"怀古伤今"四个字，至于取材，就历史上现成供给的资料以外，还可以将古今的人或事物，可以取而比拟的来做陪衬，是不愁枯窘的。

　　名胜之区，往往是自古传流下来的，在古时必有许多名人足迹所经，后人就踵武于后。撰作这种对联，除了时地及当前的景物，可以取为资料之外，也当考核往事，拿来陪衬，方能有感慨、有回味；若是单切时地，或是单把风景来点缀，不是觉其呆滞，便是觉得空泛，便不足称为上乘。梁茞邻《楹联丛话》载："金陵藩署，本明中山王故邸，西偏瞻园，极树石之胜，闻当时多从艮狱〔岳〕移来，余曾信宿其中，记得一长联云：'大江东去，浪淘尽千古英雄，问楼外青山，山外白云，何处是唐宫汉阙？小苑春回，莺唤起一庭佳丽，看池边绿树，树边红雨，此间有舜日尧天。'又孤山放鹤亭上，有巢居阁，阁中一联云：'祠旁水仙王，北宋尚留高士躅。树成香雪海，西湖重见古时春。'又西湖苏公祠一联云：'欲共水仙荐秋菊。长留学士住西湖。'又太白楼一联云：'谢宣城何许人？只凭江上五言诗，要先生低首。韩荆州差解事，肯让阶前盈尺地，容国士扬眉。'"以上所举各联，虽见解各自不同，但都隽妙可喜，足以取法。

三、寺庙廨宇联作法

　　寺庙廨宇对联，又是别具一种风格，与寻常古迹名胜的对联，也不尽同。寺庙廨宇，也很多有关于古迹名胜的，不过做起联来，似乎还应当顾到所奉的神佛，及其年代事迹。并且寺庙的中间，甚么堂、甚么殿、甚么阁是极多的；就如观音大士，就有白衣观音、送子观音、千手观音等分当。这虽是寺庙的局部，但做起来就该认清题面，切不可相混，若将白衣观音殿的对联，移挂到千手观音殿上，那就成了绝大的笑话。故作这种对联，须要别具机心，使它贴切不移，方为佳妙。至于官署，也有大小，也是民事的衙门，或是刑事、军事的衙门，性质也绝对的不同，那么撰起联来，自然也要随时随地的变更，不能胶柱鼓琴〔瑟〕了。

做以上两种对联，却有一个总诀：凡是寺庙，除了贴切所奉的神佛，间用当前景物点缀之外，宜带几分慈悲解脱的意致，或是颂扬神功的语气；官廨中的联语，除了贴切他的职司之外，宜取一种宽厚仁慈的态度，以及劝善惩恶的口气。知道了这个总诀，再搜罗材料，善为组织，自然可以做出佳妙的对联了。如痘神庙一联云："到此日方辨妍媸，更向鸿濛开面目。过这关才算儿女，还从祖父种根苗。"又千手千眼观音殿联云："菩萨今菩萨，具大神通，忽现千般手眼。自在观自在，是真佛力，总由一念慈悲。"又送子观音殿联云："白衣仙人，瓶中水杨柳。朱带男子，天上石麒麟。"廨宇如："官名父母须慈爱。家有儿孙望久长。"又如："催科不免追呼，愿百姓早完国课。省事无如忍耐，劝众人莫到公堂。"又某州署联云："四野桑麻，不羡河阳花作县。一腔冰雪，偏教寒谷黍知春。"以上数联，都是典雅贴切、足为标准的。

四、喜寿联撰作法

喜联、寿联，完全是一种人事上应酬的文字，其价值固不能与以上几种对联，相提并论，不过在习惯上，也不能打倒，世代相沿，也在应酬场中占了重要的地位。撰作这一类的联句，若对于交情浅薄的人，或者是被人征求、不得不作，那固然是做不出佳妙的对联；若与我有交情、有关切的人，我对于他的生平，既然熟稔，更益以两下的交情，也会做成贴切佳妙的对联。

作这一类对联的要诀，就是口气须讨吉祥，意思不外颂扬，还须略涉于个人的事迹，有了这样的条件，材料固然不至于枯窘，只怕因材料太多之故而落于空泛。此外如喜联可以涉于风趣，或切时日，或嵌新人的姓名，或用成语来打趣，都无不可；不过切不可过火，所谓"善戏谑兮，不为虐兮"。若过火了，或许引起对方的恶感，那就无味了。至于寿联，对于切年岁、切时日这两件事是须注意的，若寿联中不将年岁时日切定，那末五十寿可用，六十、七十寿也可用，正月做寿可用，二月、三月做寿也可用，那岂与现在流行的月份牌一样，随处可以张挂么？还有一层，寿联与挽联，相去亦仅一间，若做寿联时遣词运典，稍有疏忽，立刻可变成挽联。这种无意中闹成的笑话，是往往有的，故在落笔的时候，务须格外谨慎！

喜联如："红妆带绾同心结。碧沼花开并蒂莲。"又如："君子至斯，丰度翩翩如玉树。德音来括，莺声哕哕学关雎。"最为工整平稳。寿联切六十的如："甲子重新，如山如阜。春秋不老，大德大年。"切七十的如："八千岁为春，自今伊始。七十杖于国，从古称稀。"切中秋双寿的如："月圆人共圆，看双影今宵，清光并照。客满樽俱满，羡齐眉此日，秋色平分。"也都贴切，可作准绳。

五、哀挽联撰作法

哀挽的对联，与喜联、寿联，在应酬上占着同一的地位，但性质却是完全不同，因为吊与贺是绝对相反的。这一类的联语，实起于苏子容挽韩康公，在以前只有挽歌辞，却没有挽联的。

撰作挽联，总以悲惨叹息的口吻出之，用不着那些吉祥文字的点缀。但是漠不相关的人，全凭了一纸哀启，要想做成贴切的挽联，也非可能；必须那死者与我相交有素，关系深切，才会将悲惨的情怀，发泄出来，那末就是撇开了死者的行事，单讲交谊，也会做成佳联。这就是所谓"有感于中而发于外"的了！若专用铺张身份，又须考察那死者是否有可以颂扬之处？然后再斟酌下笔，方免贻笑。若不问事实，一味只管颂扬，无论其受者有愧，就是自己的身份，也因之而降低，徒然使看的人觉得肉麻万分罢了。此外对于用典一事，也须特别注意，务必考虑周详，否则也会弄出笑话来。记得有一个姓李的人死了，朋友送联挽他，却用李密陈情的典故，但那位死者的母亲，尚然健在，也没有再醮，这岂不是一个笑话么？故能够不用典最佳，如不得已时，也须四面顾到方好。如兄挽弟联云："同气遽分途，原隰秋分魂不返；异时谁共被，池塘春草梦难通。"弟挽师联云："问字感当年，重谒玄亭空洒泪；传经珍此地，载瞻绛帐暗摧心。"又如诗人丁某死于除夕，有人挽以联云："腊鼓迫残年，送一代诗人，骑鲸长逝。春风传噩耗，愿千秋华表，化鹤归来。"以上数联，也很工整贴切，末一联切时切姓，也极自然，就是运典处也天衣无缝，初学者大可取法。

六、祝贺联撰作法

这种祝贺的对联，是除了喜庆之事而说的，如人家新屋落成、商家开市、工场开工等事，与他们有关系的人，自然也当祝贺一番，或致贺仪，或送物品；在礼物之中，要算对联最为得体。因为送对联在礼品中可算得高贵大方的一种，在送的人固然是惠而不费，在受的人也有种种好处，既足以表扬平日的交游，张挂壁间，又可以壮观瞻，足为全店生色，真是一举数备的事。以这种祝贺联的体质而论，实是应酬品中最泛的一种，与喜寿哀挽的对联，还不可同日而语，与彼古迹名胜等更不消说了！不过它因为有上述的关系，却一般受人家的重视，并且比了前面所述的各类，还要来得普遍。

　　作这一类的对联，语气自然要讨吉祥，颂扬他们的前程远大，生意发达，这是通例，任何人都不能免俗的。此外用嵌字格来撰联的，要算最多，因为这一类成对太多，容易落于老套，故另出心思，将该店的牌号两字或数字，分嵌在联句之中，觉得别开生面。但也有天然巧合、运典入化的，那就更来得风趣了！我们做这一类的对联，若自问心思才力够得上，那也不厌求工；若自问才力不及，那就不必去勉强求工，怯力不讨好，尽可熟套些，因为这一类的对联，本来是普通的应酬，只要字句通顺，含着祝颂的意思就是了。如剃头店联云："到来尽是弹冠客；此去应无搔首人。"又如猪行联云："立啼曾说彭生氏；利市须求长鬣公。"如贺人新屋落成联云："绿野堂前开，万倾〔顷〕规模，满贮山川秀色；牙签架上插，一肩经史，高悬星斗文章。"又如贺迁居联云："里有仁风春日永；家馀德泽福星明。"以上诸联，也大可取为法则。

七、格言联撰作法

　　人家厅事的堂对，书室中的楹联，除了取吉祥的字句，或古人的诗句，来组成对语外，也往往有用古今的格言，集合而成的，于是就有格言对联的一类。这种名人的格言，可取的地方很多，因为他的性质，是充分含着劝善殚恶的意味，并且多是从经验中得来的真实话，足以使人家深印心中，提撕警觉，振奋精神，如做那有益身心的事情。我们如能将此类有益身心的格言，组织成为对联，写起来悬挂在中堂或书室里，出入必见，未尝不足以自警！即不能尽如格言去行事，至少也可以印在心头，少做些溢出轨范的事情。并且家庭中的儿童或成人的青年，意志尚未坚定，容易受外界的诱惑而走入歧途，家庭中能多悬挂这一类格言的对联，使他们知道些立身处世之道，也是一个绝好补救的方法。故这一类对联，在表面上看来，不过是一种家庭中的点缀品，其实却有不少的益处。

撰作格言的对联，有两种不同的方法。第一种是集句格，就是取古今名人的格言，二句或数句来对成一联，这种方法，用者最多，它所取的材料，不拘一格，儒家的语收，就是释家、道家的语，也无不收，范围极大，集合也很容易。第二种却是采取两句格言，并不用它原句来属对，却将两句的意思融化起来，另撰联句，这种方法，和运用典故相仿，须要圆融灵动方妙。如："久病方知求药误；衰年始悔读书迟。"又如："醴泉无源，芝草无根，人贵自勉；流水不腐，户枢不蠹，民生在勤。"又如："反己有真修，须留神检到身心界上；加工无别法，务着力打开义利关头。"以上所举数联，或是集句，或是运化而成，都很工整贴切，足资取法。

八、碎锦联撰作法

我所说的碎锦联，并非如诗钟嵌字格中的碎锦格，却是除了以上所举各类之外，那些搜罗未及的，如诙谐的联句、讽刺的联句等等，故可兼收并蓄，不必另列门类，"碎锦"二字的意思，就是如此；换一句说：就作"杂缀"二字讲，也无不可。这一类对联，虽然多半属于游戏，讲不到价值，却是极不容易做，因为惟其是游戏的作品，一定要隽妙无比，才会得到人家的同情；若是呆板黏滞，就觉无味了！故我说一定是倜傥不羁之士，怀着清才的，才会有佳作出来。

作游戏对联，尽管用俗语俗字，以及里巷相传的故事，但须俗不伤雅，运用自然，方为超脱。至于关于讽刺的对联，虽不免于轻挑，但也不要过分刻薄。除了讽刺、诙谐之外，又往往有投赠之作，如赠优伶，赠歌妓，文人在兴高采烈的时候，也所不免，这种对联，大多用嵌字格的为多。其馀如随处触机的题句，借物喻人的对联，也是极多的，不过终究触景生情而成的为佳，若是有心去模仿，就不免造作了！

某名士为剃头店撰一联云："磨砺以须，问天下头颅几许？及锋而试，看老夫手段如何！"此联大可移赠于刽子手。又有戏台联云："或为君子小人，或为才子佳人，登场便见；有时欢天喜地，有时惊天动地，转眼皆空。"

也是入情入理。又有一县令自题"爱民如子；执法如山"一联于门，实一贪吏，某名士就成一长联云："爱民如子，牛羊父母，仓廪父母，供为子职而已矣；执法如山，宝藏兴焉，货财殖焉，是岂山之性也哉？"可称绝倒。馀如某君春联云："三间东倒西歪屋；一个南腔北调人。"也是别开生面。

又《楹联丛话》载："乾隆庚子，二岁活佛来朝，供张极盛，住雍和宫，远近僧侣参谒者日以千计，活佛高坐跏趺，无少动也。未几出痘死，有好事者送一挽联云：'渺渺三魂，活佛竟成死鬼；迢迢万里，东来竟不西归。'一时传为笑柄。"这一联可算善于讥讽的了。又有题倒座观音像云："问士大〔大士〕缘何倒坐？恨凡夫不肯回头。"这一联含有警觉痴迷的意思，真是佛家的苦口菩心的说话。又某君题养济院一联云："看诸君脑满肠肥，此日共餐常住饭；想一样钟鸣鼎食，前生都是宰官身。"颇觉言外之音，耐人寻味。

又《训俗遗规》载："常州一老布衣，平时奸狡，自号清客，书门对云：'胸中无半点事；眼前有十二孙。'有人续写其下云：'胸中无半点事，半生不曾完粮；眼前有十二孙，十个未经出痘。'见者绝倒。"这一联于讽刺之外，又含着诅咒的意味。京师有名妓某，才貌都佳，天生一双大脚，有人赠一联云："朝云暮雨连天暗；野草闲花遍地愁。"这也可以算得想入非非。

撰联的天才

撰作对联,虽然都视为小道,但若没有相当的学问,和优美的天才,是决不能应付裕如的。并且但有学问,没有优美天才的人,做出对联来,虽然不至弄成话柄,却终觉呆板沉滞,没有灵活的风趣,也称不得佳妙。所以作此等对联,不仅要有天才,并且还是偏重于天才的。譬如天才丰富的人,虽然学问少充足些,他也自能善于调遣,融化运用而成为优美的对联。若是学问虽然充足,天才却欠缺些,那末做出对联来,必然逊色多多。若是天才既丰,学问又富,如清代的纪晓岚之类,那末撰起联来,自能信手拈来,都成妙谛了。古人说:"酒有别肠,诗有别肠",我以为对联也是须别具一种天才的。

往往有许多人,诗词都做得极好,若叫他去撰作一副对联,竟会东牵西掣,始终做不好的,这是甚么缘故呢?因为他只有诗词的天才,却没有撰联的天才。赋有撰联天才的人,他的诗词却并不见得过人,但若叫他撰联,却摇笔即来,另有一种风趣。我们于此又可知道撰联的天才,是另有一样,却与作诗词是不同的。

《楹联丛话》载:"宣武门外上斜街赵象庵舍人家,菊花最盛，自称菊隐。花时过客如织。闻其初未著名时，来观者率不通谒，亦不问主人为谁。一日刘金门先生与同朝京官借其园亭赏菊；酒阑，主人出素纸，求先生楹帖，且乞新制。问主人何所好？答云：无他好，惟爱菊如命耳。先生信手书云：'只以菊花为性命'而未有对语；复问主人何姓？答云姓赵，乃一挥而就云：'本来松雪是神仙。'一座叹其工敏。"

又相传纪晓岚当万寿之日，在万寿山与群僚饮酒中间，忽有某官得一上联云："八十君王，十八公道旁祝寿。"但没有下联，请纪晓岚代对，他不暇思索的对道："九重天子，重九节山上称觞。"大家都佩服他的敏捷。

又有某名士，冶游北里，遇花君、花相两个妓女。席间花君请他撰联，他便信手写了"花开堪折直须折，君问归期未有期"两句给他。那花相却也要求一联，他却又写上"花开堪折直须折"一句，合席的人，都以为他醉了，他又从容的写出"相见时难别亦难"的下联，大家拍手称妙。

以上所举的三件事，虽然境地不同，但是他们撰联的天才，却一般都可以使人佩服。若将朱子自题沧州精舍"佩韦遵考训；晦木谨师传。"一联互相比较，就越觉撰联是偏重天才，不是徒恃学问的了。

佳联特选

我编这本小册子，到末了也未能免俗，附选若干联句，以便初学者的观摩。不过分为两部分，一部是特别巧妙的对联，定名为"佳联特选"；关于这一类的联语，因为人地事物的关系，不说明就不能尽其妙，故附以简短的记述。一部是普通应用的对联，定名"对联选粹"，这一类的联语，只要提出联题，就可以一览无遗，不必加以说明，故仅于每联下注明标题。选取的次序，仍照前边的分类法，使眉目清楚，不至混淆。现在将特选的佳联录下。

一、春联类

蒋平仲《山房随笔》载："宋韩康公宣抚陕右，太守具宴，委蔡司理持正作候馆一联云：'文价早归韩吏部。将坛今拜汉淮阴。'韩极喜之。"

《山房随笔》又载："京口韩香，除夜请客作桃符云：'有客如擒虎。无钱请退之。'"这两联都运典入化，贴切姓氏。

《濯缨亭笔记》云："元世祖初闻赵子昂之名，即召见之。子昂丰姿如玉，照映左右；世祖心异之，以为非人臣之相；使脱帽，见其头尖锐，乃曰：不过一俊书生耳！遂命书殿上春联。子昂题曰："九天阊阖开宫阙；万国衣冠拜冕旒。"又命书应门春联。题曰：'日月光天德；山河壮帝居。'"这也得俯拾即是之妙，并且口气也极适当。

《山居新话》载："元统间，余为奎章阁属官，题所寓春帖云：'光依东壁图书府；心在西湖山水间。'时徐峻山为江浙儒学提举，写春帖于山居云：'官居东阁图书府；家住西湖山水间。'偶尔相符，亦可喜也。"这两副联句，非但借对得妙，并且以身份言，也能恰恰相称，的是佳作。

《楹联丛话》载："嘉靖末年，南京城守门宦官高刚，于中堂书春联云：'海无波涛，海瑞之功不浅。林有梁栋，林润之泽居多。'盖谓刚峰、念堂二公也。宦官亦重谏臣如此。"

王百穀自题桃符云："岂有文章惊海内！漫劳车马驻江干。"见者嫌其夸大，其实名士口吻，每多如此，也不足为病。

陈眉公自题桃符云："天为补贫偏与健；人因见懒误称高。"用陆放翁语，虽似乎谦抑，其实也极简傲。

《楹联丛话》载："相传吾乡曹石仓先生辞官归里，闲行街巷，见一陋屋，柴门不正，柱上署桃符云：'问如何过日？但即此是天。'询知宅主，乃屠者徐五也；经〔径〕入厅事，有二联，一云：'仗义半从屠狗辈；负心多是读书人！'一云：'金欲两千酬漂母。鞭须六百鞭平王。'先生为之悚然，徘徊间，徐五已回，与语甚契洽，因定交。甲申之变，徐五携只鸡斗酒，径造先生庐，排闼而入。见先生，惊曰：'吾办此奉祭耳，何尚在也？'先生遂拜而就义焉。卢潜溪云：相传徐五尚有一联云：'鼠因粮绝潜踪去；犬为家贫放胆眠。'殊有感慨。"我以为非但几副联句放达感慨！就照他的行径，徐五也的确是一个奇人。

有某贫士自书桃符云："世间惟有读书好；天下无如吃饭难。"确是贫士本色，也极有感慨！

桐城张文端公，及见子文和公晋揆席，自题春联云："绿水青山，任老夫消磨岁月；紫袍金带，看吾儿燮理阴阳。"也非有那种身份，决不能有此口气。

商宝意自书春联云："岂有文章惊海内？从无书札到公卿。"只此十四字，便可见其人立品的清高，决非凡俗之辈，只换得一句，与王百穀一联，口气截然不同。

《续消夏录》云："张明经晴岚，除夕自题门联云：'三间东倒西歪屋；一个千锤百炼人。'适有煅铁者求彭信甫书桃符，信甫戏书此二句与之，两家望衡对宇，见者无不失笑。"这一联如此借用，倒也贴切不移，甚为有趣。

《楹联丛话》载："吴门有富翁乡居者，求杨南峰书春联〔门对〕，此翁之祖，曾为仆人〔人仆〕，南峰题云：'家居绿水青山畔；人在春风和气中。'上列'家人'二字，见者无不匿笑。"这种弄笔的事，本来很多，此联语气大方，两字隐藏得极妙，非有心人不能察出。

又载："朱竹垞先生在京师，除夕署门联云：'且将酩酊酬佳节；未有涓埃答圣朝。'脱尽名士习气，传诵一时。又罢官后集句为门联云：'圣朝无弃物；馀事作诗人。'其实'诗人'二字，尚不足以尽先生耳。"这两联也极自然。

二、名胜古迹类

《楹联丛话》载："苏州有泰伯庙，而湖北亦有至德祠，联云：'违亲不孝，背君不忠，敢辟瘴雨蛮烟，采药当年心最苦；传季而王，偕仲而霸，岂意吴头楚尾，瓣香到处德维新。'"这一联很是贴切。

赵瓯北《簷曝杂记》云："金鳌玉蝀桥新修成，桥柱须镌联句，余在枢直，拟句云：'玉宇琼楼天尺五；方壶圆峤水中央。'自以为写此处风光甚切合，汪文端公为改'尺五'作'上下'二字，乃益觉生动也。"

西湖飞来峰下即冷泉亭，亭有董香光联云："泉自几时冷起；峰从何处飞来？"后来有人用答语凑成一联云："泉自有时冷起；峰从无处飞来。"虽非不佳，终嫌他着了滞相。俞曲园曾改为"泉自冷时冷起。峰从飞处飞来。"便觉得圆通灵妙。

孤山放鹤亭上，有巢居阁，上边对联极多，中间要让吴棣华一联最佳。联云："华表千年，遗蜕可闻玄鹤语？董山一角，暗香先返玉梅魂。"

苏州沧浪亭，对联传诵的也不少；就中梁茞邻先生一联云:"清风明月本无价;近水遥山皆有情。"上系欧阳文忠句,下系苏长史句,都是沧浪亭本事,熨贴异常。

《楹联丛话》载:"宋牧仲尚书抚苏时,为唐六如修墓,建亭其旁,题曰'才子亭'。韩慕庐宗伯作楹联云:'在昔唐衢常痛哭!只今宋玉与招魂。'"这一联可算寄慨遥深。

虎丘花神庙联云:"一百八记钟声,唤起万家春梦;二十四番风信,吹香七里山塘。"这一联只有虎丘花神庙可以用得,若移至别处就不切了。

郑板桥题焦山自然庵联云:"山光扑面经新雨;江水回头为晚潮。"又一联云:"汲来江水烹新茗;买尽青山当画屏。"这都是写眼前景物,别饶韵致。

太白楼的联句,不知多少,其中王有才"吾辈此中宜饮酒;先生在上莫题诗"一联,最为著名,胡书农曾有一联云:"公昔登临,想诗境满怀,酒杯在手;我来依旧,见青山对面,明月当头。"这一联怀古之思,有悠然神往之致,的确称得名手。

螺矶孙夫人祠,有徐文长一联云:"思亲泪落吴江冷;望帝魂归蜀道难。"毕竟是才子手笔,不同凡俗。

宋牧仲滕王阁联云:"依然极浦遥山,想见阁中帝子;安得长风巨浪,送来江上才人。"伤今怀古,极有感慨,并且极流利自然,大有俯拾即是之妙。

黄鹤楼联句最多,有"何时黄鹤重来?且自把金尊,看洲诸〔渚〕千年芳草;今日白云尚在,问谁吹玉笛,落江城五月梅花。"一联,最为切合,不著议论,自擅清新,真是不易多得的佳作。

扬州永济寺有诗僧题一联云:"江水滔滔,洗尽千秋人物;看闲云野鹤,万念都空,说甚么晋代衣冠,吴宫花草! 天风浩浩,吹开大地尘氛;倚片石危栏,一关独闭,更何须故人禄米,邻舍园蔬?"这一副长联,也自然工致,有飘然出世之思。

《楹联丛话》载:"云南省城附郭大观楼一楹联,多至一百七十馀言,传诵海内,虽一纵一横,其气足以举之,究未免冗长之讥也。句云:"五百里滇池,奔来眼底;披襟岸帻,喜茫茫空阔无边,看东骧神骏,西翥灵仪,北走蜿蜒,南翔缟素;高人韵士,何妨选胜登临,趁蟹屿螺洲,梳裹就风鬟雾鬓,更蘋天苇地,点缀些翠羽丹霞;莫孤负四围香稻,万顷晴沙,九夏芙蓉,三春杨柳。数千年往事,注到心头;把酒凌虚,叹滚滚英雄谁在,想汉习楼船,唐标铁柱,宋挥玉斧,元跨革囊,伟烈丰功,费尽移山心力;卷珠帘画栋,尽不及暮雨朝云,便断碣残碑,都付与苍烟落照;只赢得几杵疏钟,半江渔火,两行秋雁,一枕清霜。"这一联虽说冗长,若然没有这般才气,也是决计做不出来的。

虎溪三笑亭有一联云:"桥跨虎溪,三教三源流,三人三笑语。莲开僧舍,一花一世界,一叶一如来。"极为浑成。

江州白太傅祠有一联，也是信手拈来，恰到好处。句云："枫叶四絃秋，伥〔怅〕触天涯迁谪恨；浔阳千尺水，勾留江上别离情。"

金陵淮清桥有句云："淮水东边旧时月；金陵渡口去来潮。"是集刘梦得、韦端己句，极为工整。

常熟草圣祠，祀张旭，中有一联云："书道入神明，落纸云烟，今古竞传八法；酒狂称圣草，满堂风雨，岁时宜奠三杯。"据说是钱梅溪手笔，都用《八仙歌》中故事，极得神化。

无锡芙蓉湖中有皇甫墩，四面皆水，好像西湖的湖心亭；楼中联语极多，惟孙平叔一联，最为工稳贴切。句云："灯火春星浮北郭；云霞朝景揽西神。"

《楹联丛话》载："黄州赤壁，以坡公二赋传耳；其实周郎用火攻处，在今嘉鱼也，人皆议坡公之误，朱兰坡题联云：'胜迹别嘉鱼，何须订异箴讹，但借江山摅感慨；豪情传梦鹤，偶尔吟风啸月，毋将赋咏概生平。'见解极妙。"

山阴石屋在香炉峰之半山，有楹联云："花雨欲随岩翠落；松风遥傍洞云寒。"

三、寺庙廨宇类

关庙普遍于各地，故关庙的对联也最多，现在将佳妙的写几副在下面。一、"三分割据纡筹策；万国衣冠拜冕旒。"二、"先武穆而神，大汉千古，大宋千古；后文宣而圣，山东一人，山西一人。"三、"惠陵烟雨，涿郡风雷，在昔同袍兴一旅；魏国山河，吴宫花草，于今裂土笑三分。"四、"至诚之动，孚及豚鱼，虽阿瞒莫敢不服；大义所归，坚如金石，惟使君乃得而臣。"五、"帝爽有昭明，当朝谥号尊崇，奉戴仪同文庙肃；神功无代谢，亘古山河作镇，英灵长画蒋侯奇。"六、"生蒲州，辅豫州，保荆州，鼎峙西南，掌底江山归统驭；主玄德，友翼德，仇孟德，威镇华夏，眼中汉贼最分明。"

又常州荆溪县有关帝庙楹帖云："威镇雄州，野树尚含荆浦绿；神游故国，夕阳偏照蜀山红。"荆浦、蜀山都是县中的地名，关合极妙，并且浑成可喜。

又西湖岳墓之左，亦有关庙，门联云："德必有邻，把臂呼岳家父子；忠能择主，鼎足定汉室君臣。"也及贴切。

苏州文昌宫联云："帝以会昌，神以建福；下有风雅，上有日星。"上联是集《文选》，下联是集唐文，颇觉自然。又一联云："天惟阴骘下民，止于仁，止于敬；帝乃运〔诞〕敷文德，作之君，作之师。"

《楹联丛话》载："闻广东省城真武庙，有苏文忠公所书一联云：'逞披发仗剑威风，仙佛焉耳矣；有降龙伏虎手段，龟蛇云乎哉。'语意岸异，非凡手所能。"

魁星阁的对联很多，但风趣的绝少；记得有一联云：

"笔足代耕,不厌兼金归掌握;文能行远,何妨只履上云霄。"立意清新,不落窠臼。

观音殿的对联,也是很多的,其中也有极佳妙的。如:"音亦可观,方算〔信〕聪明无二用;佛何称士,须知儒释有同源。"又如:"法云广荫无遮会;慧日高悬有相天。"

又千手千眼观音殿有一联云:"即色即空,现慈悲相,我无隐尔;是万是一,具手眼人,自能辨之。"也极洒脱。

又送子观音殿联云:"我具一片婆心,抱个孩儿送汝;你做百般好事,留些阴骘与他。"虽然用俗语组成,却也极有渡世之意;并且这一类事情,本近俚俗,就是用俗语,也自无伤。

《楹联丛话》载:"蔡佛田佛寺联语极多,记得有二联,语极隽妙,句云:'愿将佛手双垂下;摩得人心一样平。'又云:'弹指声中千偈了;拈花笑处一言无。'"

虞山北郭外有铁佛寺,中有一联云:"古佛由来皆铁汉;凡夫但说是金身。"寥寥十四字,道破千破〔古〕。

邯郸吕仙祠,有黄粱〔梁〕梦亭,有一联云:"睡至二三更时,凡功名都成幻境;想到一百年后,无少长俱是古人。"别具机心,真是警世觉迷之语。

《楹联丛话》载:"绍兴上虞县虞姬庙有对联云:'今尚祀虞,东汉已无高后庙;斯真霸越!西施羞上范家船。'此倪文贞公所撰也。光武时斥吕后,而以文帝母薄太后配祀，出语用之。"

浙江曹娥庙门联云："事父未能，入庙倾诚皆末节；悦亲有道，见吾不拜也无妨。"真是至理名言。

痘神庙有联云："一点心苗，汝那里好生培养；十分善果，我者边总肯周全。"落落大方，且具佛家口气。

《楹联丛话》载："徐州府为古彭城，今为河漕重地，专设监司管之，盖兵备道而兼管河防者也。宛平张观察鼎，自撰道署楹联云：'地当黄运之中，水欲治，漕欲通，千里河流，涓滴都〔皆〕从心上过；官作军民之主，宽以恩，严以法，一方士庶，笑啼都到眼前来。'"

贡院堂联云："矮屋静无哗，听食叶蚕声，毋〔敢〕忘当年辛苦；文星光有耀，看凌云骥足，相期他日勋名。"

又名〔明〕远楼一联云："矩令霜严，看多士俯仰低回，群嚣尽息；襟期月朗，喜此邦江山人物，一览无遗。"

《楹联丛话》载："浙江学署，面对吴山，右邻郡庠，西出涌金门即西湖也。刘金门先生题大堂联云：'使节壮湖山，东南坛坫；文光拱奎璧，咫尺宫墙。'恰到好处。"

又载："各省育婴堂有旧传联句云：'子不子，亦各言其子，委而弃之，是可忍也，孰不可忍也，先王斯有不忍人之政；幼吾幼，以及人之幼，比而同之，有以异乎，曰无以异也，大人不失其赤子之心。'集语颇能浑成贯串。"

邓巘筠撰臬署一联云："官要虚心，纵能发伏厘奸，须识我得情勿喜；民宜安〔守〕分，若到违条犯法，可怜汝无路求生！"仁厚的意思，溢于言表，可以劝世。

衙署楹联，有可以当官箴的，如："当官期与〔于〕物有济；凡事求其心之〔所〕安。""狱贵得情宁结早；判防多误每刑轻。""权衡江海，司牧名邦，时时思裕国泽民，何暇论湖光山色；黜陟幽明，承宣庶绩，念念存戴高履厚，更须持茹蘖尝冰。"

《楹联丛话》载："杭州北新关，较各关尤为严切，商民多裹足不前，阮芸台抚浙，兼管关务，自制一联，悬于关署大门云："上古关无征，后世不得已而榷关，慎勿失其初意；本朝税有额，小民如其分以纳税，何可使有怨言！"也是蔼然仁者之言。

又载："清节堂始于吴下，由绅士捐建，以居嫠妇之贫苦者，经费渐充，规制尽善，各府州县，皆仿而行之，诚善举也。曹艮甫比部，主讲泰州时撰一联云：'任恤重周官，集一方秉穗馀资，门题行义；骈幪同官〔夏〕屋，完几辈冰霜苦节，台筑怀清。'"

又载："广东雷琼道，驻札琼山县，其大堂楹联，暗藏琼州全府州县名，组织颇自然。句云：'定安全之策，坐镇琼山，开乐会以会同官，统府州县群僚，独临高位；澄迈往之怀，清扬陵水，佐文昌而昌化理，合万儋崖诸邑，共感恩波。'盖琼州凡领十三属也。"

又桂林府署大堂有一联云："领郡愧难胜，愿闾阎俗变饮羊，人除害马。同舟须共济，与僚寀政期驯雉，节励悬鱼。"相传系诗人余小霞所作。

四、喜庆类

《楹联丛话》载:"戴羡门督部,七十赐寿,花晓亭时为蜀臬,献联云:'帝寿股肱,九霄赐额;民歌父母,八座齐眉。'"

又载:"陈望坡尚书,七十赐寿,郑仁圃太守一联云:'望重达尊,北斗尚书南极老;恩承敬典,天朝耆旧地行仙。'"

又载:"诸城刘文清公之太夫人,九十寿辰,吴山尊学士,为朱文正师代制一联云:'夫作宰相,子作宰相,伫见文孙成宰相,古今一品太夫人,能有几个?天许长生,帝许长生,更闻多士祝长生,富贵百年曰寿考,请增十龄。'似流丽有馀,庄雅稍逊也。"

又载:"吴玉松太守,早岁辞官,逍遥里社,所受业女弟子,多至数十人,年届八十,其子蔼人学士,已乞养在家,顾南雅通政,寄联寿之云:'泉石衍箕裘,名心早净云封岫;翠钿围杖履,笑口常开雪避疵〔髭〕。'"

又载:"吴中有令长母,以三月三日六十寿者,严问樵制联云:'众母奉寿母,江南大母;三春祝千春,上巳长春。'"

又载:"孟瓶庵师德配何太恭人,七十寿辰,余伯兄虚白公献联云:'人间贤母曾推孟;天上仙姑本姓何。'恭人素通诗礼，得之大喜！"这一联切姓，却是十分熨贴。

又载："程定甫同年，于道光乙未，重游泮宫，时龚季思为江苏学政，赠以联云：'二分月下真耆宿；六十年前旧茂才。'颇觉别开生面。"

又载："潘溶〔榕〕皋以八十六岁赴琼林重宴，万浣云邑侯赠联云：'泮藻重游，苹笙重听，琼林重宴；老子寿星，哲嗣德星，贤孙文星。'语质而确。"

又载："侯理庭之公子新婚曹氏，严问樵贺以联云：'雀屏妙选今公子；鸿案清芬古大家。'暗藏姓氏，颇觉自然。"

又载："蔡仰斋州判，夫妇五十双寿，其门下士以七夕称祝，有联云：'屈指三秋，天上又逢七夕；齐眉百岁，人间自有双星。'亦甚工稳。"

《两般秋雨庵随笔》载："无锡邹小山宗伯有门生某，兄弟二人皆词林，二子并登甲科，而其母则以侧室受封者也；七十诞辰，求公撰寿联。公令诸门生拟之，俱不称意，盖不难于颂扬，而难于得尊者之口气也。公乃自撰联句云：'有子有孙，都成名进士；多福多寿，是谓太夫人。'恰如身份。"

《楹联丛话》载："梁山舟学士，最工为寿联，得之者无不乐其雅切，如寿吴太夫人八十云：'八座起居，令子宫袍慈母线；重闻燕喜，南阳仙菊北堂萱。'自注：令子方开藩河南，故用南阳菊事。"

又载:"陶云汀宫保,开府大江南北者十有馀年,名位兼隆,吏民翕服,齐梅麓太守祝六旬联云:'八州都督,五柳先生,经济文章,千古心传家学远;六甲初周,一阳始〔来〕复,富贵寿考,百年身受国恩长。'盖宫保诞辰,在黄钟之月也。"

又载:"梁山舟学士九十诞辰,夫妇齐眉清健,张岐山赠寿联云:'人近百年犹赤子;天留二老看玄〔元〕孙。'时人称为工切。"

又载:"朱建三生于七月七日,所居之里名百花巷,李笠翁寿以联云:'七夕是生辰,喜功名事业从心,处处带来天上巧;百花为寿域,羡玉树芝兰绕膝,人人占却眼前春。'"

又载:"溧阳史文靖公七十寿辰,袁简斋先生献联云:'南宫六一先生座;北面三千弟子行。'为公所许可。"

五、哀挽类

《楹联丛话》载:"董文恪公之夫人,没于京师,时文恭公已登揆席,文达师作挽联云:'富春江万古青山,阡表长留,慈训能成贤宰相;听雨堂九年绛帐,食单亲检,旧恩最感老门生。'"

又载:"毕秋帆自营生圹于邓尉山,并自作挽联云:'读书经世即真儒,遑问他一席名山,千秋竹简;学佛成仙皆幻想(相),终输我五湖明月,万树梅花。'"

《铁庵散记》载:"曾湘乡有挽乳母一联云:'一饭且啣恩,况抱负提携,只少怀胎十月;千金难报德,论人情物理,也该泣血三年。'肺腑之言,绝无假借。"

《楹联丛话》载:"粤东张仪坡庶常,恃才放荡,未及三十,即以酒色殒其生,其师花晓亭方伯甚恸之,挽以联云:'与人何尤?可怜白发双亲,养子聪明成不幸;自古有死,太息青云一瞬,如君摇落更堪悲!'"

又载:"黄蕉卿,钱唐梁绍壬之室,随梁入粤,间关度岭,未及半年而殁,梁挽以联云:'四千里累尔远来,父在家,母在殡,翁姑在堂,属纩定知难瞑目;廿三年弃余永诀,拜无儿,哭无女,继承无侄,盖棺未免太伤心!'"

又载:"余秋室学士悼亡联云:'济艰辛,尝险阻,贫家妇,信难为,痛今朝镜破钗分,欲图梦影重圆,除异世再同青玉案;习荆布,厌绮罗,半生俭,应可法,奈尘海飙驰电掣,赢得褶痕如旧,到秋宵怕检镂〔缕〕金箱。'哀怨缠绵,不愧才人之笔。"

又载:"翰林张某,甫婚未两月而病殁,太夫人犹在堂也。其妇翁挽以联云:'逝矣修文郎,纵玉堂传舍,金粟空花,回首能忘垂老母!伤哉薄命女,仅三日同牢,六旬尝药,断肠永作未亡人!'语极沉痛,令人悽恻。"

又《续话》载:"郑仁圃曰:里党有林姓妇,素通文理,中年遽卒,相传其自挽一联,出语告夫,对语教子,词云：'我别君去，君何患无妻，倘异时再叶鸾占，莫谓生妻不如死妇；儿随父悲，儿终当有母，愿他日得酬乌哺，须知养母即〔是〕亲娘。'悱恻缠绵，亦可传也。"

又载："詹鳞飞挽石晓田之兄云：'老泪我无多，数落落晨星，从此骅骝空冀北；雄才君未尽，叹茫茫泉路，相随鸿雁到荆南。'时晓田官荆州郡丞也。"

又载："常熟令某之父，与任〔蒋〕伯生山左同官，后就养常熟，卒于官舍。伯生挽联云：'治谱付佳儿，感频年惠爱吾乡，白叟黄童都下泪〔泪下〕；颓龄都〔逢〕旧雨，叹此日招寻胜迹，青山红树也销魂〔魂销〕。'"

又载："靖安天香居士舒白香负才子名，其配李湘絃亦婉慧，有才子佳人之目。李以中秋日化去，白香悼伤甚至，所作《秋心集》中有《挽词〔辞〕录》一篇，称堂中挽联，以龚西原太守为最，句云：'仙去何之，烧鼎白云栖断壑；神伤已甚，著书黄叶冷空山。'真才子笔也。又载陈果堂联云：'千佛礼鸠摩，名士案头赓昧旦；五更惊蜕羽，天香馆畔咽秋风。'胡果泉中丞联云：'蟾镜掩清辉，叹当年玉宇琼楼，难觅灵丸延寿药；鹿车随大隐，知此后故奁遗挂，重哦寒夜悼亡诗。'亦极工稳。"

又载："韩芸舫中丞，巡抚我〔吾〕闽，其夫人以四月八日卒于官廨，孙平叔督部挽以联云：'解脱拈花刚佛日；证明因果在仙霞。'"

又载："严问樵有姬人殁于清江，问樵哭以联云：'不合时宜,惟有朝云能识我;独弹古调,每逢暮雨倍思乡〔卿〕。"

六、祝贺类

吴中某茶寮,为士夫菌〔麇〕集之地,中有一联云:"竹炉〔庐〕汤沸邀清客;茗椀香腾遣睡魔。"

又有某茶酒合欢店,新张之时,某名士赠一联云:"为名忙,为利忙,忙里偷闲,吃椀茶去;劳力苦,劳心苦,苦中作乐,拿壶酒来。"也觉别饶风致。

又有赠花树店一联云:"富水园林,平泉花木;春风桃李,秋雨芭蕉。"也有俯拾即是之趣。

有为鸦片烟馆撰联云:"芙蓉开处宜成癖;杨柳眠多总为春。"也及贴切。

裱糊店有联云:"点缀烟云郑氏锦;装潢书画米家船。"

有织绣坊联句云:"掌握千丝,织就中天美锦;胸罗万象,绣成上苑奇葩。"

酒楼联云:"瓮畔春风眠吏部;楼头春色醉神仙。"

又一酒楼联云:"市上数百家,此是李谪仙乐园;瓮边尺寸地,可为毕吏部醉乡。"

贺人新屋落成联云:"杰构地仍幽,水如碧玉山如黛;诗人居不俗,凤有高梧鹤有松。"

贺人续婚联云:"鼓瑟鼓琴,絃更张时风更韵;宜家宜室，镜仍合处月常〔长〕圆。"

贺纳妾联云："名士醉酣金谷酒；美人艳赋玉台诗。"

七、格言类

《楹联丛话》载："一日先资政公与先伯父奉直公为人分书楹联，先伯父一联云：'欲知世味须尝胆；不识人情只看花。'公亦书一联云：'非关因果方为善；不计科名始读书。'呼章钜语之曰：'汝知此两联意义之深厚乎？汝伯父所书，乃涉世良方，我所书乃自修要旨也。终身用之不尽矣。'"

又载："过润州时，见僧壁联云：'要除烦恼须成佛；各有因缘〔来因〕莫羡人。'亦彼法中之格言也。"

又载："梁山舟学士书楹帖云：'能受苦方为志士；肯吃亏不是痴人。'也是至理名言。"

又载："石天基《传家宝》中有一联云：'言易招尤，对朋友少说几句；书能益智，劝儿孙多读数行。'真传家宝也。"

又载："彭文勤公少与蒋心馀同学，有题书房旧联云：'何物动人，二月杏花八月桂；有谁催我，三更灯火五更鸡。'今此联熟于众口，而不知为文勤公所制也。"

又载："鄂文端公有菜圃长联云：'此味易知，但须绿野亲身种；对他有愧，只恐苍生面色多。'"

又载："桑弢甫先生授徒，辄劝人加餐。食案侧悬一联云:'放开肚皮吃饭;抖起精神读书。'想见豪情。然不若徐连峰'立定脚根撑起脊;展开眼界放平心。'为倜傥有致也。记余尝薄游永嘉,谒陈观楼先生于署斋,见自书一联云:'竖起脊梁立行;放开眼界〔孔〕观书。'似更老气无敌。"

又载:"粤东黄翼堂自署楹联云:'为伦类中所当行之事;作天地间不可少之人。'"

八、碎锦类

《两般秋雨庵随笔》载:"西湖诗僧小颠自题其龛云:'老屋将倾,只管淹留何日去;新居未卜,不妨小住几时来。'此语含禅意。"

《楹联丛话》载:"宋悦研侍郎,观察皖中时,尝书一联赠某上人云:'看梅子熟时,个中人酸甜自得;闻木樨香否?门外汉坐卧由他。'侍郎素奉佛,用彼法语绝工。"

又载:"郑板桥有赠焦山长老联云:'花开花落僧贫富;云去云来客往还。'亦自超脱。"

又载:"蔡佛田当四十九岁时,集宋联云:'四十九年穷不死;三百六日醉如泥。'语意旷达。"

又载:"吴青士曰:秦淮河房中,有一才士集句为联云:'千种相思向谁说;一生爱好是天然。'上句用《西厢记》,下句用《牡丹亭》,铢两恰称,侧艳无比。"

《归田录》载:"王荆公一日谓刘贡父曰:'三代夏商

周,可对乎?'贡父应声曰:'四诗风雅颂。'荆公拊髀曰:'此天造地设也。'"

《復斋漫录》云:"刘豁始为尉于洪之丰城,性不饮酒,饮则面色烘然。推官抵邑,能饮啖,与刘同会,以谚语戏刘云:'小器易盈真县尉。'刘答云:'穷坑难满是推官。'"

祝枝山《猥谈》云:"陆復明粲,善属对,一日会客,为棋酒之欢,客出对曰:'围棋饮酒,一着一酌。'陆即对曰:'听漏观书,五更五经。'又一客曰:'弹琴赋诗,七弦七言。'"

又载:"陈洽八岁时,与父同行,见两舟一迟一速,父因命对云:'两船并行,橹速(鲁肃)不如帆快(樊哙)。'洽应声曰:'八音齐奏,笛清(狄青)难比箫和(萧何)。'"

又载:"李空同督学江右,有名梦阳者,唱名时,空同曰:安得同我名?我有一对,对佳则释汝。因曰:'蔺相如,司马相如,名相如,实不相如。'生应声曰:'魏无忌,公孙无忌,彼无忌,此亦无忌。'空同称善,置之前列。"

《宦游纪闻》载:"安南使入朝,出一对云:'琴瑟琵琶,八大王一般头面。'程篁墩对云:'魑魅魍魉,四小鬼各样肚肠。'"

又载:"陆文量容,参政浙江,与陈启东震饮,见其寡发,戏之曰:'陈教授数茎头发,无法可施。'启东曰:'陆大人满脸髭须,何须如此。'陆大叹赏!笑曰:'两猿截木山中，这猴子也会对锯（句）。'启东曰：有犯，幸公勿罪！乃云：'匹马陷身泥内，此畜生怎得出蹄（题）?'相与抚掌而退。"

《楹联丛话》载："有一医士某，自夸工于属对，适游于达者〔官〕之门，方以大缎裁衣，因指缎令对曰：'一匹天青缎。'某立应曰：'六味地黄丸。'达官〔大〕喜！款之内院，因以'避暑最宜深竹院'七字令对，某立应曰：'伤寒莫妙小柴胡。'正应对间，忽闻风送花香一阵，又以'玫瑰花开，香闻七八九里'十字令对，某即应曰：'梧桐子大，日服二三〔五六〕十丸。'合座皆为抚掌。余谓此系揶揄医士所为。"

《三山笑史》载："有村馆延师课子者，故事每遇七夕，师若住馆，主人例具酒筵以娱客。师亦习闻其说，适遇七夕，师探知厨中并未庀具。至夜寂然，因呼其徒命对云：'客舍凄清，正似今宵七夕。'徒不能对，以告其父。主人知其意，笑曰'我忘之矣'，因代对曰：'寒村寂寞，可移下月中秋。'迨至中秋又寂然，师复呼其徒命对曰：'绿竹本无心，遇节即时挨不过。'其父笑曰，'我又忘之矣'，因复代对曰：'黄花如有约，重阳以后待何迟。'直至重阳，又复寂然，师复呼徒命对云：'汉三杰：张良、韩信、狄仁杰。'其父大笑曰：'师误矣，三杰是汉人，狄仁杰是唐人，师忘之乎？'师语其徒曰：'我实不忘，汝父前唐后汉，记得如许熟，乃一饭而屡忘之乎？'"

对联选粹

一、春联类

风来竹自啸　　　　　　移花锄晓月
春入鸟能言　　　　　　翦绿学芳辰

岁新绵甲子　　　　　　江山飞丽藻
德厚富春秋　　　　　　花柳发韶年

吉门沾泰早　　　　　　山近云多态
仁里得春多　　　　　　城深草自春

梅花香锦砌　　　　　　淑气催黄鸟
旭日漾金樽　　　　　　微风吹绿蘋

修身如执玉　　　　　　风移兰气入
种德胜遗金　　　　　　春逐鸟声来

春情寄柳色　　　　　　绿水藏春日
日影泛槐烟　　　　　　青山淡晚烟

雷鸣龙起蛰　　　　　　踏花寻旧径
泥暖燕知春　　　　　　饮酒及芳辰

问历桃为岁　　　　　昌期幸昇平日际
吟梅句亦香　　　　　泰运频书大有年

莺迁金谷晓　　　　　梅竹平安春意满
花发锦城春　　　　　椿萱并茂寿源长

淑气庭中贮　　　　　里有仁何须木铎
好风天外来　　　　　思无邪不用桃符

莺迁金谷香　　　　　花迎喜气皆如笑
花发杏林春　　　　　鸟识欢声亦解歌

高怀同霁月　　　　　万户春风陶礼乐
雅量洽春风　　　　　百年世业绍箕裘

有天皆丽日　　　　　天将化日舒清景
无地不春风　　　　　室有春风聚泰和

五云蟠吉地　　　　　百年天地回元气
三瑞映华门　　　　　一统山河际太平

桃腮传腊信　　　　　诗句且题新甲子
柳眼满春光　　　　　酒杯不愧旧屠苏

柳眼才舒芳草地　　　丝飘弱柳平桥晚
桃腮正晕碧云天　　　雪点梅花小院春

玉树暖迎沧海日　　　锦绣春明花富贵
珠簾光动赤城霞　　　琅玕风静竹平安

爆竹三两声人间是岁
梅花四五点天下皆春

新历迎年人贺重光舜日
椒盘献岁家欣再乐尧天

春夜灯花几处笙歌腾朗月
良宵美景万家箫管乐丰年

乐事无边万井春灯传五夜
太平有象一天晴雪兆三丰

春亦多情鸟向枝头催逸兴
人其得意梅从窗外放诗怀

灯月交辉伫听笙歌欢四野
雨旸时若式观丰皋乐群黎

庆此良宵任玉漏催更还需彻夜
躬逢美景不金鱼换酒尚待何时

二、名胜古迹类

一庭芳草围新绿　　旁人错比扬雄宅
十亩藤花落古香　　异代应教庾信居

窗前绿树分禅榻　　泥上偶然留指爪
城外青山到酒杯　　故乡无此好湖山

四山滴翠环初地
一路听泉到上方

月似丹光出高岭
鹤因梅树住前山

千树桃花万年药
半潭秋水一房山

真才子必得其寿
谪仙人未免有情

门前学种先生柳
岭上长留处士坟

其人白水生文叔
名士青山卧武侯

愿天下有情人，都成了眷属
是前生注定事，莫错过姻缘

游目骋怀，此地有崇山峻岭
仰观俯察，是日也天朗气清

不作公卿，非无福命都缘懒
难成仙佛，为爱文章又恋花

松声竹声钟磬声，声声自在
山色水色烟霞色，色色皆空

耸翠流丹，千仞丽谯辉日月
萦青缭白，四围屏障合江山

杰观飞甍，槛外蜀吴横万里
风帆沙鸟，天边江汉涌双流

著作集名流，好事敩当年白傅
文章留慧业，赏音俟后世扬雄〔云〕

一序证前遊，太白光芒神久在
三章怀绝调，牡丹时节我刚来

我去太匆匆，骑鹤仙人还送客
兹遊良眷眷，落梅时节且登楼

揽胜我长吟，碧落此时吹玉笛
学仙人渐老，白头何处觅金丹

下笔千言，正桂子香时，槐花黄后
出门一笑，看西湖月满，东浙潮来

二客尽知名，杜牧诗才，鲍照赋手
前贤有遗韶，魏公芍药，永叔荷花

足下起祥云，到此者应带几分仙气
眼前无俗障，坐定后宜生一点禅心

北院喜新成，有寒碧千层，远青一角
东君如旧识，正庭槐垂荫，梁燕将雏

两庑荐馨香，咸钦名相，谟犹大儒学问
六朝揽风月，犹似川云，宦迹烟雨家乡

造物本无私，移来槛外烟云，适开胜境
会心原不远，就此眼前山水，犹见古人

坐客为谁，听二分明月箫声，依稀杜牧
主人休问，有一管春风词笔，点缀扬州

忠孝振纲常，党籍编名，气节宛如东汉
文章垂宇宙，诗家衍派，门庭别启西江（山谷祠堂）

望望七十二峰，工部遊时，诗圣有谁能继响
遥遥一千馀载，文公去后，岳云从此不轻开

天下名山僧占多，也该留一二奇峰，栖吾道友
世间好语佛说尽，谁晓得五千妙论，出我仙师

岭海答传书，七百年佛地因缘，不仅高楼邻白傅
岷峨迴远梦，四千里仙踪遊戏，尚留名刹配黄州

隔岸眺仙踪，问楼头黄鹤，天际白云，可被大江留住
绕阑寻胜迹，看树外烟波，洲边芳草，都凭杰阁收来

三、寺庙廊宇类

黄鹤有声多不住　　　　　山色淡随僧入院
白云何事欲相留　　　　　松风静与客谈玄

松鹤幽棲空法界　　　　　当官期于物有济
烟霞缭绕落花天　　　　　凡事求其心所安

几片白云铺草榻　　　　　名场似弈无同局
一轮明月浸蒲团　　　　　吏道如诗有别裁

义胆忠肝，六经以来二表
托孤寄命，三代而下一人

合惠循为一州，江山并美
种竹梅成三友，心迹双清

两袖清风静，忆此身宦况
一庭好月朗，同吾辈心期

山深僧自闲，但寻梅花作友
士古松犹老，常看元鹤为巢

赫赫科条，袖里常存惟白简
明明案牍，簾前何处有朱衣

花竹一庭，是亦中人十家产
轩窗四壁，可无广厦万间心

考古证今，致用要关天下事
先忧后乐，存心须在秀才时

誉望起伦常，乡里追随钦至行
见闻征学问，党庠矜式淑群英

燕市宅依然，两疏共传公有胆
钤山堂在否，十年不出彼何心

赤手挽银河，公自大名垂宇宙
青山埋白骨，我来何处笑忠魂（吊英贤）

无事渡溪桥，洗钵归来云满袖
有缘修佛界，谈经空处雨飞花

来游上苑莺花,今日幸同良会
记省松陵文献,他年得似何人

桂管古称雄,声教由来先列郡
文衣今向化,抚绥何以控诸蛮

簿领有馀闲,退食聊为容膝地
簪缨多俊侣,清谈俱是素心人

一心清净本,无双乐利永垂万禩
三教庄严居,第二光明普照十方

春露秋霜,遵戴礼遗规,钦崇祀典
父慈子孝,式文公懿训,笃念伦常

中原战伐,老圃棲迟,往迹惟馀秋水白
今日楼台,昨宵烽火,一尊犹对暮山青

志节慕睢阳,忧国读书,尚记金龙山在
英灵同伍相,飞刍挽粟,正须白马潮来

云路许驰驱,举孝兴廉,海峤人文罗福地
天门同鈇荡,蛰声腾实,蓬瀛才望奋清时

久要不忘平生之言,古谊若龟鉴,忠肝若铁石
敢问何谓浩然之气,下则为河岳,上则为日星

随宜而栽花竹,适性而养禽鱼,此是山林经济
口中不设雌黄,眉端不藏烦恼,可称烟火神仙

科第尚哉，必忠孝节廉自任几端，方可无惭祖宗
诗书贵矣，但农工商贾各专一业，便非不肖子孙

率土尽同文，愿此邦易俗移风，欲使偏陬如上国
登堂能讲学，与多士敦诗说礼，须知太守本书生

贺水潆遗封，八千里远隶边庭，文轺至今通桂管
台山留讲席，二百年久陶元化，礼堂终古衍薪传

三条官烛，棘闱辛苦廿年，苟以温饱负平生，斯誓有如江水
一介儒冠，玉署光荣两世，能取文章报恩遇，此行方识庐山

士恒士，农恒农，工恒工，商恒商，族少闲民，便有兴隆气象
父是父，子是子，兄是兄，弟是弟，门无乖气，方为孝友人家

抗节济时艰，论当年守御声威，实先郭汾阳、李临淮，功存庙社
显忠关世教，考兹土烝尝旧典，当与伍子胥、陈武烈，气壮湖山

禄山庆绪惶然其无君父，当年即破孤城，效忠乱贼，曾邀富贵之几时
令狐尹奇不幸而有子孙，今日试登双庙，下拜先生，

将置祖宗于何地

四、喜寿联

绣阁昔曾传跨凤
德门今喜近乘龙

开镜香生京兆笔
启窗花映寿阳妆

文鸾对舞珍珠树
海燕双棲玳瑁梁

迴鸾锦字新题句
睡鸭金炉小篆文

合欢词赋传鹦鹉
连理花枝引凤凰

烟开兰叶香风起
春入桃花暖气匀

排闼青山应送喜
当门红树亦迎祥

小梅香里黄莺啭
玉树阴中紫凤来

杯交玉液飞鹦鹉
乐奏瑶笙引凤凰

画眉喜有临川笔
举案欣看德耀妆

双飞却似关雎鸟
并蒂常开连理枝

彩笔图成红螗子
绣窗唤起绿鹦哥

画眉笔带凌云志
种玉人怀咏雪才

九微灯结连枝彩
并蒂莲开百子图

彩树传灯珠错落
绣檀回枕玉雕镂

紫箫吹月翔丹凤
翠袖临风舞彩鸾

文辉锦绣珠垂露
粉着兰麝雪压梅

文窗绣户垂簾幕
银烛金杯映翠眉

堂上画屏开孔雀
闺中绣幕隐芙蓉

百子帐开留半臂
五丝缕细结同心

结彩门前赓燕乐
调琴堂上听鸡鸣

荳蔻正开香尚蕊
蔷薇才放露初匀

春留梅蕊资妆额
人傍菱花学画眉

方借花容添月色
欣逢秋夜作春宵

红妆带绾同心结
碧沼花开并蒂莲

笑把黄花轻插凤
闲拈黛笔淡描蛾

画娥自见银钩灿
簪凤犹闻玉骨香

几朵秋花簪凤髻
一弯新月画蛾眉

才子凌云，佳人咏雪
榴花映日，蒲剑摇风

银汉三星，蓝田双璧
人间巧节，天上佳期

酒酿黄花，情联鸾凤
诗题红叶，梦叶熊罴

箫引凤凰，春生斑管
杯浮竹叶，香到梅花

凤吉叶占，熊祥入梦
芝泥发彩，兰检浮香

景丽三春，天台桃熟
祥开百世，金谷花娇

鸿案齐眉，咸歌四秩
莱衣五彩，共庆三多

诗酒烟花，百年过半
妻财子禄，四大皆空

甲子重新，如山如阜
春秋不老，大德大年

宝树灵椿，三千甲子
龙眉华顶，九十春光

卓尔经纶，名传渭水
飘然风致，图绘香山

上寿期颐，庄椿不老
君子福履，洪范斯陈

梅宝登筵，瑶池桃熟
椒花进酒，海屋筹添

桃实三千，献果平分仙洞
春光九十，称觞偏占芳辰

笙转鹍喉，恍奏霓裳月殿
篁摇凤尾，喜开琼玉仙筵

响发金风，声奏钧天音乐
樽开碧月，光浮玉宇云霞

时届清秋，南极高悬北斝
节逢初度，东篱满绽黄金

婺曜呈祥，近对瑶池王母
琼花并蒂，恍疑姑射仙人

酿酒宜春，句芒司命
祈年集福，苏辙诞生

桃实凝香，樽倾北海
榴花献瑞，诗谱南山

诞比瑶华，福由天贶
生侔金粟，佛是如来

上寿无疆，中秋佳节
良宵不夜，明月前身

酒泛金樽，上寿与池桃并献
灰飞玉琯，遐龄同宫线齐添

劲节坚心，比例松筠同耐久
良辰吉日，欢喜觚斗并罗陈

壮志展鹏程，天保九如歌日月
盛年添鹤算，宾朋两地聚星云

知公神仙中人，勉为苍生留十载
忆昔湖山佳处，曾陪黄菊作重阳

霞觞流玉液琼浆，悉是仙家之酝
绮席陈虬羹麟脯，分来洞府皆珍

时际小春，看霜染枫林，光分莱綵
候当建亥，喜风传梅蕊，香备霞觞

先大士几日而生，有子为万家生佛
愿寿母十年不老，他时祝百岁老人

花好月圆，人寿还问先生几时修到
卷鞲鞠跽，称觞惟予小子相约偕来

商业推公奇赢，卜今年定获加倍利
天保俾尔多益，知善人能具寿者征

相夫子，鸿案修仪措理，且资贤内助
庆生辰，觥觚晋酒舒长，同祝有情天

五百年名世之才，上纬天维，下理地轴
七十载从心所欲，西摩月镜，东弄日珠

内助相资，四德播贤声，旦戒鸡鸣谐琴瑟
刑于式化，百年赓偕老，徽剔象服壮山河

海屋并添筹，称觥祝鸠，堂上来齐眉夫妇
华筵同介寿，苟龙薛凤，阶前聚绕膝曾孙

夙与贤郎相期，欲其道继胡先生，名过冒公子
来为长者致祝，惟有寿之南山石，酌以东海波

非黄石公即赤松子，桃实登盘，有王母来献，经三千岁
抱九仙骨披一品衣，水精作饵，与老彭为匹，至八百年

六根清净，四大虚空，曾坐破几许蒲团，算作无量寿佛
金粟前身，如来现象，应历尽三千莲界，参将最上乘禅

五、哀挽类

裘帛增华，五陵年少　　词赋登坛，刚臻半甲
芙蓉作主，一夕仙行　　文章憎命，竟限三旬

玉树亭亭；爱天姿之特出
楝花惨惨，数风信其奈何

礼称曰强，讵料享年不永
死而后已，岂真闻道于朝

天悟慧星，比何晏八龄倍长
恸深短命，视颜渊半数才经

易筮羲文，再益五龄推大衍
文修地府，谁知一别永千秋

庆值蘧年，天上神仙应未老
歌闻蒿里，人间哀痛竟如斯

回溯昔年，曲水流觞君在座
最伤今日，灵〔重〕台进酒我何言

葭琯灰飞，方谓初阳动生气
玉楼天迥，那堪长吉赴修文

健步扶鸠，喜上寿已登七秩
伤心吊鹤，痛老人永别千秋

蒲艾留香，天中节才过几日
芝兰托契，人世间长别千秋

统置闰以计年，好算六旬已届
谓修德必食报，谁知一病而殂

五福备箕畴，方喜遐龄周甲篆
六旬跻耆寿，如何华彩黯庚星

明月不长圆，过了中秋终是缺
高风安可仰，如何一别再难逢

岂是好光阴，乳燕鸣鸠都道苦
难言强欢乐，红楼绿笋不成筵

肃气渐凌人，红树青山都惨淡
伤心来作吊，素车白马剧悲哀

何必读书，为巾帼中留得好模范
勖哉夫子，闻绵惙时犹嘱善护待

丹旐飞扬，为东厨司命前驱引导
白云缥缈，向西方极乐世界遨游

八十岁葆素全真，驷马申公来应召
五千言修身炼性，骑牛老子去何方

好友久相暌，咏云树句，此别千古
伤心何可已，借椒花酒，为酹一杯

灵雀苦传声，虽属神仙，亦为洒泪
骑鲸何处去，凡兹故旧，怎不伤怀

好德乃以考终，已经五十，又经五十
祝寿不过期颐，凡曰百年，竟到百年

相夫挽鹿，课子丸熊，淑德早标彤史范
佛座拈花，慈帏推竹，仙踪空溯白云乡

数难尽大寿，三千待蟠桃熟，先竟百岁
留不住春光，九十借樱笋厨，为奠一觞

纶巾失名将风流，彼挟纩思深，既皆饱德
节钺为熙朝屏翰，虽誓郊令肃，亦尽含悲

噩电忽相传，正细雨杏花，翻道韵华太古
高风安可仰，咏暮云春树，重逢好友何时

学庄蒙叟鼓盆，凡事达观，留取精神作商战
比孟德曜举案，逝仙归去，听将威郧播贤名

小别几何时，长吟春树暮云，变作歌闻薤露
怅怀安可已，品列浮瓜沉李，还教酒奠椒浆

百行孝为先，见诸巾帼中人，委曲求全成至德
十年字犹待，撤其环瑱不嫁，芬芳流播擅幽先

人如黄菊凋残，会中酒寒深，秋黯园林病司马
我亦青莲摇落，念解衣情重，春沉潭水哭汪伦

知己无二三，忝叨雅谊芝兰，如许深情，世能有几
时光又重九，正是满城风雨，非关败兴，惨不成吟

象服着华仪，稔知内助能贤，有约白头，自尔妻以夫贵
鸾弦怅中断，太息懿型空仰，流传彤史，还知死亦生存

大儒不再，学者安宗，从今山斗千秋，莫共籍翱陪侍座
异书满家，海内所诵，独惜权舆八志，未追扬马睹成篇

待字有年，守贞几多年，抱璞矢终身，卓绝一生成至行
赍志而死，流芳如不死，盖棺昭定论，流传千古作完人

名士不宜官，频年啸傲湖山，只落得两袖风清，一囊如洗

通才能损寿，半世消磨文字，最惨绝邻家笛怨，古壁琴寒

经纶有孰能知，频年握算持筹，最堪羡季路才高、陶朱学富

情谊惟公独厚，平日解衣推食，那不令子山思旧、向秀伤心

大丈夫志在有为，傥论儿女情长，怀安名败，醉舆何为杀蚕妾

贤伉俪盟深偕老，讵料琴瑟音断，浮生若梦，达观应自学庄蒙

卓哉身殉藁砧，纵刀锯鼎镬亦奚辞，暮楚朝秦，还愧煞须眉男子

遽尔魂归泉壤，统戚邮里邻而无间，春花秋月，更衿式世俗女流

六、祝贺类

识得个中滋味　　　　　　韵出高山流水
何妨塵里生涯　　　　　　调追白雪阳春（乐器）

万紫千红工点缀
春桃秋菊费平章（花树店）

对日擎来旂似雪
临风担出缕如丝

用尽磨砻多气力
致令渣滓得消融（豆腐店）

清心入世身多洁
善气迎人意自甜（糖店）

莫教微生劳转乞
须知宣圣未曾离（酱坊）

欲得声名充宇内
宜将膏泽布人间（油店）

香绕美人歌后梦
凉侵诗客醉中仙

花间渴想相如露
竹下闲参陆羽经

水如碧玉山如黛
酒满金樽月满楼

一川风月留酣饮
万里山人尽浩歌

画栋前临杨柳岸
青帘高挂杏花村

七襄云锦传蓬苑
万里风帆出海珠

金缕机中抛锦字
银花廊下映朱栏（织机）

应看到处酬人急
出入深闺度日闲（织线）

到处烟霞由我逸
前途风雨任人忙

登山既有谢公癖
著屐无妨阮子多（屐店）

权衡物我一丝钮
轻重分毫几点星（秤店）

价侔弈世蓝田玉
功倍当年紫石英（参店）

且向蟾宫分玉兔
犹当宝殿彻金莲（灯店）

如茧所抽，取之原野
有条不紊，生自丘中（苎麻行）

一勺之多，因人而热
千家所饮，炀灶无讥（老虎灶）

菊部新妆，梨园旧谱
天孙云锦，槐国衣冠（戏衣店）

珠玉光辉，琉璃世界
天中皓月，海外明星（灯店）

山径摘花，三春酿酒
竹窗看月，五夜评茶

七、格言类

敏则有功公则说　　　　若使子孙能结果
淡而不厌简而文　　　　除非盗贼不开花

无求便是安心法　　　　事能知足心常惬
不饱真为却世方　　　　人到无求品自高

非名山不留仙住　　　　笔下留有馀地步
是真佛只说家常　　　　胸中养无限天机

人原是俗非关吏　　　　尽日言文常不倦
仕岂能优且读书　　　　与人同事若无能

尔无文字休言命　　　　苦心未必天终负
我有儿孙要读书　　　　辣手须防人不堪

人有不为斯有品
己无所得可无言

修身岂为名传世
作事惟思利及人

与世不言人所短
临文期集古之长

过如新竹芽难尽
学似春潮长不高

一人知己亦已足
毕生自修无尽期

行所当行,不为已甚
慎之又慎,未足即安

清言无不及世事
静坐可以修长生

扫地焚香,清福已具
粗衣淡饭,乐天不忧

每临大事有静气
不信今时无古贤

海纳百川,有容乃大
壁立千仞,无欲则刚

知足是人生一乐
无为得天地自然

有一日闲,且种汝地
无十分屈,莫入吾门

欺人如欺天,毋自欺也
负民即负国,何忍负之

汲水浇花,亦思于物有济
扫窗设几,要在予心所安

八、碎锦类

自在天官无着相
如来金粟是前身（桂花下土地祠）

东坡居士休题杖
南郭先生且滥竽

十族遗骸埋聚宝
千年孤冢表长干

五枝锦树荣今代
百秩仙筹萃一门

满山灵草仙人药
一径松风处士坟

红桥映海三更月
石㴆通江两度潮

当年始祖初迁地
此日云孙再造家

无欲常教心似水
有言自觉气如霜

囊无半卷书，惟有虞廷十六字
目空天下士，只让尼山一个人

打开义利关，具见英雄过人气概
参透天人路，便是圣贤行己工夫

三十年宦海平安，旦夕焚香惟求利济
一万里慈云庇荫，间关行役重许瞻依（天后宫）

九土足农田，但期膏不下屯，霖雨偏敷天下望
三吴称泽国，更愿流无旁溢，江河长向地中行
（龙神庙）

筹笔在攻心，当年化洽宾懞，冠带百蛮归典属
安边曾叱驭，此日风清瓯脱，云霄万古仰宗臣
（武乡侯祠）

丹毫一点，乃吾民利害攸关，须念悖入必将悖出
白日三竿，即尔室公私毕照，莫谓知显不在知微

龙虎忌争行，廿四番花信吹馀，致雨兴云，勿张旗鼓
豚鱼占利涉，七二候箕神簸后，飞刍挽粟，好送帆樯
（风神庙）

渍种必苗，蓺兰必香，千家茆屋书声，定有几枝大手笔
登高自下，陟遐自迩，万里蓬山云路，先从一邑小文场

光天开糺缦之祥，雨非恒雨，旸非恒旸，二十四气成四时，群生并茂
化国衍舒长之祚，朝不废朝，夕不废夕，三百六旬有六日，庶绩咸熙（太阳宫）

台阁重新，问苍穹英雄是谁，有补天巨手，回日干戈，待整顿乾坤，再来杯酒
山川无恙，叹前辈风流何处，但古道斜阳，冷烟衰碣，尽悲凉人物，止剩寒鸦

整理后记

近代以来，西风东渐，传统文化似乎给人以摇摇欲坠之感。诗词撰作领域，也是如此，白话新诗一时间甚嚣尘上，古诗词自然有些寂寞。好在彼时，老成犹在，"欧风美雨"并未能全然施以"洗礼"，还颇有一些人爱好诗词，乃至对联，比如南社诸君，并有可喜的收获；亦颇有人希望习练作诗填词，于是也就有了指导相关技法的书籍。

与彼时为数不少的同类书籍一样，本书也是适应当时人们的学习热情而编写的。原书为三册单行，分别为《作诗百日通》、《填词百日通》、《撰联百日通》，封、扉、版权页等处，书名之前还有分别有"诗学入门"、"词学入门"、"对联入门"字样，均由上海大通图书社刊行。作者金铁庵，"对联"一种又作"金惕庵"。此次整理，鉴于其显在的系列性质，三种合在了一起。

如今的时代，似乎又经过了一个轮回，经过八九十年代西方文化再次大举进入，新世纪以来，传统文化复归，就连年轻人也很有些爱上了古诗文，不仅阅读欣赏，而且尝试写作，渐渐很有风行的势头。这样一来，旧时"作法"一类的书籍，也就大有需求了。

三种"百日通",都是指导传统文体写作的通俗读物,深入浅出,颇具实用性。只是大概由于时间缘故,仓促成书版行,书中不无失校之处。此次整理,除简体横排之外,校正了原书的一些误植,明显者径予改正,个别的则随文用〇标出正字,疑有夺字处则以〔〕补出。此外,格式上,也结合当下规范做了适当的统一。

整理中存在的问题及错讹,还请读者批评指正。

整理者
戊戌仲夏